KB083700

일제 말
친일 협력 문학의
재해석

풍화와 기억

글쓴이

김재용(金在湧, Kim Jae-yong)

연세대학교 영문학과와 동대학원 국문학과를 졸업했다. 현재 원광대학교 국문학과에서 한국 근대문학과 세계문학을 가르치고 있다. 잡지 『지구적 세계문학』 편집인으로 유럽중심적 세계문학의 해체를 통한 지구적 세계문학 구축에 힘쓰고 있다. 저서로는 『한국 근대민족문학사』, 『협력과 저항』, 『세계문학으로서의 아시아 문학』 등이 있다.

풍화와 기억 일제 말 친일 협력 문학의 재해석

초판인쇄 2016년 10월 25일 **초판발행** 2016년 10월 30일
지은이 김재용 **펴낸이** 박성모 **펴낸곳** 소명출판 **출판등록** 제13-522호
주소 서울시 서초구 서초중앙로6길 15, 1층
전화 02-585-7840 **팩스** 02-585-7848
전자우편 somyungbooks@daum.net **홈페이지** www.somyong.co.kr

값 17,000원
ISBN 979-11-5905-119-7 93810

이 저서는 2012년 정부(교육부)의 재원으로 한국연구재단의 지원을 받아 수행된 연구임
(NRF-2012S1A6A4021517)

풍화와 기억

일제 말 친일 협력 문학의 재해석

김재용

Revisiting the Collaboration of Korean Literature
in Colonial Period of Japanese Empire

머리말

'일제 말 사회와 문학'의 1부에 해당하는 『협력과 저항』을 낼 무렵인 2004년만 해도 한국 근대문학사에서 일제 말의 문학은 학계의 관심 밖에 있었다. 그럴 수밖에 없었던 것은 이 시기의 문학을 암흑기로 보는 관점이 일반화되어 있어 그 누구도 손댈 생각을 하지 않았기 때문이다. 하지만 일제 강점기의 문학과 해방 이후의 남북을 문학을 문학사적 안목으로 보면 볼수록 일제 말의 문학에 대한 세밀한 파악 없이는 한국 근대문학을 거시적으로 파악하고 해석하는 것이 불가능하다는 생각을 한층 강하게 하게 되었다. 해방 이전과 이후의 한국 근대문학을 잇는 결절점으로 일제 말의 문학을 읽기 시작하면서 이 시기 한국의 작가들은 그 어떤 시기와도 비교되지 않을 정도의 역동적 긴장 속에서 움직였음을 알 수 있었다. 무한삼진 함락 이후 일본 제국이 내선일체를 본격적으로 추진하자, 조선의 문학계는 협력과 저항의 양극화로 치달았다. 조선의 독립이 무망

해졌다고 생각하는 이들은 조선인이 더 이상 차별 받지 않고 살아가기 위해서는 내선일체를 적극적으로 수행하는 길밖에 없다고 판단하고 이를 위해 자신의 모든 것을 던졌고 그 과정에서 새로운 세상을 선취한다는 해방감에 젖기도 하였다. 개별 논자에 따른 실천 방식의 상이함에도 불구하고 내선일체만이 살 길이라는 인식은 공유하였다. 일본 제국의 중국 침략이 미국 등 국제 사회에 던진 파장이 가져올 조선 독립의 결과를 예견한 이들은 내선일체를 거부하면서 나름대로 이 난세를 견뎌내려고 하였다. 글을 접는 이가 있는가 하면, 자신에게 주어진 틈을 활용하여 우회적 글쓰기를 하는 이도 있었다. 자신이 처한 협소한 공간 탓으로 더는 국내에서 버티는 것이 불가능하다고 판단한 이들은 만주나 중국 화북 지역으로 떠나기도 하였다. 3·1운동 이전의 이른바 무단통치 시대에서도 찾아볼 수 없었던 억압적인 상황으로 인해 조선의 문학계는 협력과 저항의 양극으로 나누어졌고 계급과 여성 등 모든 것이 여기로 수렴되었다. 『협력과 저항』에서는 이 양극화되어가는 일제 말의 문학계를 재구해 냄으로써 이 시기 문학이 갖는 중요성을 강조하였다. 작업을 하는 과정은 물론이고 책을 낸 후에도 이 시기의 문학을 한층 더 면밀하게 들어가 탐구해야 할 필요성을 강하게 느끼고 먼저 협력한 문학인들을 폭넓게 추적하였다. 그 과정에서 내선일체를 지지하면서 협력을 하였던 문학인들의 지적 계보를 유형화할 수 있게 되었고 그 결과물이 이 책이다. 예상과 다르게 10년이 훌쩍 흘러간 데에는 기본적으로 필자의 게으름이 큰 몫을 하였지만 이 시기의 문학이 결코 만만치 않다는 사실도 한 몫을 하였다. 자료 더미에 묻혀 보낸 이 시간을 통해서 해방 이전과 이후의 한국문학을 연속선상에서 해석할 수 있는 작은 안목을 얻게 되었기에 결코 헛되지만은 않았다. 협력과 짝을 이루는 저항까지 마쳐야 처음 구상하였던 3부작을 마칠 수 있기에 갈 길이 멀다. 또 얼마나 많은 시간이 걸려야 될지 모르겠다. 또 어떤 장벽이 안팎에서 고개를 내밀지 가늠하기 어렵다. 일본어로 된 최재서의 글과 대동아문학자대회의 회의록 그리고 장혁주 소설의 번역을 도와준 세 분께 감사드린다. 고마운 분들 덕분에 그나마 이런 책도 쓸 수 있었음을 절감한다.

2016년 계룡산 밑에서

차례

서장

친일 협력의 유형과 계기

1. 친일 협력 문학의 네 유형

일제 말 문학인들의 협력과 저항을 가르는 가장 중요한 기준은 '내선일체'에 대한 동의 여부이다. '내선일체'를 차별철폐로 이해하고 받아들일 때 이는 곧장 협력으로 나아가게 된다. 식민지에서 벗어나 독립할 가능성이 없다고 생각했을 때 상정할 수 있는 것은 조선인이 일본인과 별다른 차별을 받지 않고 살아가는 것이다. 그렇기에 일본 제국이 내건 '내선일체'를 절호의 기회로 보고 이를 차별철폐로 이해한 이들이 있다. 하지만 '내선일체'를 일본 제국의 적극적 식민지 통합이라고 생각하는 이들은 이를 거부하게 된다. '내선일체'를 받아들이는 순간 조선의 독립은 완전히 물 건너갔다고 보았기 때문이다. 이들은 아예 '내선일체'를 말하지 않는 방식으로 자신의 의사를 표현하였다. 왜냐하면, '내선일체'를 말하고 지지하는 것은 검열의 대상이 되지 않지만, '내선일체'를 거부하는 것은 저촉 대상이기 때문이다. 그러므로 협력하지 않고 저항하는 이들은 '내선일체'를 부정하지만 이를 내놓고 말할 수는 없는 형편이라 거론하지 않는 방식으로 자기 뜻을 드러냈다.

'내선일체'를 차별철폐로 이해하면서 지지하는 이들 사이에도 일정한 차이가 존재하였다. '내선일체'를 일본에의 동화 즉

'내지화'로 보는 이들이 있는가 하면, '내선일체'를 '내지인'과 조선인 사이의 평등한 결합으로 보는 이들도 있었다. '내선일체'를 조선인이 일본인 즉 '내지인'처럼 되어감으로써 둘 사이의 차별이 없어진다고 보는 이들은 차이를 해소함으로써 차별을 넘어서려고 하였다. 이것을 동화형의 친일 협력이라고 부를 수 있다. '내선일체'를 '내지인'과 조선인의 평등으로 취급되는 것으로 보는 이들도 있었다. 이들은 조선인들의 특수성 즉 차이를 보존하면서도 차별을 넘어설 수 있다고 생각하였다. 이것을 혼재형의 친일 협력이라고 부를 수 있다.

동화형 친일 협력은 기본적으로 조선인이 일본인화됨으로써 즉 '내지화'됨으로써 차별을 넘어설 수 있다고 믿었기 때문에 조선인이 어떤 근거로 일본인이 될 수 있는가를 놓고 고민하게 된다. 가장 쉬운 것은 동조동근론이다. 고대로부터 같은 뿌리를 갖고 있다는 역사 해석은 조선인이 일본인이 될 수 있는 좋은 근거로 작용하였다. 그래서 이런 태도를 보이는 이들은 조선과 일본이 하나가 될 수 있는 근거를 찾기 위하여 다양한 노력을 했는데 특히 고대사의 해석은 매우 중요한 쟁점이 되었다. 하지만 이들 내에서도 어떤 측면에서 같은 뿌리인가를 둘러싸고 나누어졌다. 첫째의 부류는 조선인과 일본인은 과거로부터 같은 혈통을 가졌다는 것은 부분적으로 인정하지만, 전체적으로 볼 때 수긍하지 않았다. 오히려 조선인과 일본인이 같은 것은 혈통이 아니라 문화라는 것이다. 원래 조선과 일본은 하나의 문화였지만 조선이 중국의 대륙문화권에 깊이 연루되면서 일시적으로 떨어졌다가 이제 다시 만나게 되어 원래의 모습을 되찾았다고 보는 것이다. 그래서 과거 조선과 일본이 하나였을 때의 정신을 현재에까지 보존하고 있는 현재 일본의 정신을 배우면 조선인이 일본인처럼 된다는 것이다. 이들을 문화주의적 동화형이라고 부를 수 있다. 이의 대표적인 인물이 이광수이다.

半島文壇の大御所

李光洙さん 氏へ名乗り

一家揃って「香山」姓へ

創氏の苦心を語る李光洙さん

둘째 부류는 조선인과 일본인은 과거로부터 피를 같이 나눈 형제라고 인식하였다. 혈통이 같은 동조동근이라고 보는 것이다. 고대의 역사 즉 도래인들의 일본 정착 및 확산 등으로 볼 때 조선인과 일본인은 원래 하나의 핏줄이라는 것이다. 이들은 '내선일체'를 통하여 다시 조선인이 일본인화되는 것은 너무나 자

花郞道精神의 再現

學徒의 갈길은 하나다

張赫宙 氏

연스럽고 당연하다는 사실을 강조하였다. 이들을 혈통주의적 동화형이라고 부를 수 있다. 장혁주가 이의 대표적인 인물이다.

혼재형 친일 협력은 '내선일체'를 차별철폐로 볼 뿐 아니라 평등으로 이해한다. 조선과 일본이 동등하게 취급받아야 한다고 생각하기 때문에 조선적인 것의 특수성을 견지하려고 노력한다. 조선적인 것을 지키는 것이 '내선일체'에 어긋나지 않는다고 보았다. 이런 점에서 동화형 친일 협력과는 다르다. 동화형 친일 협력은 조선적인 것을 없애는 것이 전제된 일본화 즉 '내지화'라면, 혼재형은 조선적인 것을 지키는 것이다. 그런데 이 혼재형의 친일 협력에 있어서도 조선적 특수성 즉 조선적인 것을 어떻게 이해하느냐에 따라서 달라진다.

첫째 부류는 종족적 차원에서 조선적인 것을 이해하기 때문에 조선인과 일본인 사이에 매우 다른 특성이 있다고 본다. 따라서 아무리 내지 출신인이 조선에 살고 조선 풍토에 적응한다 하더라도 조선인인 될 수 없고, 조선인이 아무리 내지에서 살고 그 풍토 속에서 잘 적응한다 하더라도 '내지인'이 될 수 없다. 따라서 조선인들은 자신의 특성을 충분히 살리면서 일본 제국의 신민이 되어야 한다는 것이다. 이것을 속인주의적 혼재형이라고 부를 수 있다. 이의 대표적인 이가 유진오이다.

둘째 부류는 지역적 차원에서 조선적인 것을 이해하기 때문

挺身する文化人④
朝鮮文人報國會理事
兪鎭午氏
國民文學
新年號
寄贈

에 조선반도와 야마토 본토 사이에는 분명한 차이가 있고 이는 존중되어야 한다고 보았다. 조선적 풍토에서 생활하게 되면 원래 종족이 조선인인가 '내지인'인가 하는 것은 중요하지 않다는 것이다. '내지인' 출신이라 하더라도 조선반도의 땅에서 살다 보면 조선반도인이 되는 것이고, 조선인 출신이라 하더라도 야마토의 땅에서 바람을 맞고 산다면 야마토 본토인이 된다는 것이다. 사토 기요시와 같은 재조일본인은 원래 '내지인'이지만 조선에 나와서 생활하면서 쓴 그의 작품은 조선반도의 문학이고, 장혁주처럼 원래 조선인이지만 야마토 지역에서 살면서 쓴 작품은 조선반도의 문학이 아니고 야마토의 문학이라는 것이다. 이러한 입장을 속지주의적 혼재형이라고 부를 수 있다. 이의 대표적인 인물이 최재서이다. 속인주의적 방식과 속지주의적 방식은 마지막까지 팽팽하게 대립하였다. 1944년 나온 두 종류의 문학 선집 즉 『반도작가단편집』과 『신반도문학선집』은 각각을 대표하였다. 최재서가 편집하였던 『신반도문학선집』에는 조선인 출신과 '내지인' 출신 작품이 함께 나란히 수록됐지만, 『반도작가단편집』에는 오로지 조선인 출신 작가만이 수록되었다. '반도'라는 말을 함께 사용하고 있지만 그 내포가 이렇게 다를 정도로 이 속인주의와 속지주의 사이에는 마지막까지 긴장이 흘렀다.

2. 친일 협력 내면화의 네 계기

1) 무한삼진 함락의 해석

대부분의 친일 협력 문인들은 무한삼진의 함락 소식을 듣고 본격적인 친일 협력에 들어 설 정도로 이 사건은 핵심적이었다. 중일전쟁이 터진 이후 대부분의 한국의 작가와 지식인들은 그 추이를 조심스럽게 지켜보았다. 만약 중국이 이긴다면 조선은 자동으로 독립될 것이기 때문에 마음속으로는 중국이 이기기를 바랐을 것이다. 그렇지만 일본이 승리하면서 친일 협력의 지식인과 문학인들은 본격적인 친일 협력을 시작하였다. 그동안 '내선일체'가 국가적 차원에서 선전되었지만, 대부분 지식인들과 문학인들은 별 관심을 두지 않았다. 미나미 총독이 이 구호를 내걸었을 때 여기에 동의하는 지식인들은 별로 많지 않았다. 하지만 중국의 패배로 조선의 독립이 물 건너갔다고 생각한 이들은 무한삼진 함락 이후 이 구호에 대해 새롭게 생각하기 시작하였다.

친일 협력의 문학인들은 '내선일체'를 내선 간의 차별 철폐라고 생각하였다. 그동안 조선인들이 차별을 받고 살았는데 그것을 견딜 수 있었던 것은 언제가 조선의 독립이 이루어질 것이라는 희망이 있었기 때문이다. 하지만 조선의 독립이 없어졌다고 생각하면서부터는 내선 간의 차별이 없어지는 것을 적극적으로 환영하였다. 그리하여 '내선일체'를 새로운 복음으로 여기고 몰두하였다. '내선일체'를 이해하는 방식에서도 동화형의 친일 협력자들과 혼재형 친일 협력자들 사이에는 차이가 있었다.

동화형 친일 협력자들은 '내선일체'를 기본적으로 일본 '내지인'과 조선인 사이의 차별 철폐라고 생각하였다. 더 나아가 '내선일체'를 조선인들의 일본 '내지화'라고 생각하였다. 조선인들이 일본인들을 닮아가야 한다고 생각했기에 모든 점에서 일본을 배우려고 노력하였다. 하지만 혼재형 친일 협력을 하는 이들은 '내선일체'를 내선 간의 차별철폐로 생각하는 것은 같지만 '내선일체'를 '내지화'라고 생각하는 것에 대해서는 강한 거부감을 가졌다. 이들은 조선의 특수성을 견지해야 한다고 생각하였다. 조선적 특수성을 갖는 것이 일본 제국의 신민이 되는 것과 절대 모순되지 않는다고 생각하였다. 조선적 특수성을 없애는 것은 현실적으로 불가능한 일일 뿐더러 '내선일체'의 정신에도 어긋난다고 생각하였다. 그러므로 이들은 '내선일체'를 내선 간의 차별철폐뿐만 아니라 일본 제국 내에서의 내선 간 평등으로 이해하고 싶어 했다.

每日新報

武漢完全攻略萬歲

陸海兩軍의協力下에

殘敵掃蕩을完了

（大本營陸海軍部公表）

長江六百粁確保

聖上陛下御滿悅

伏見總長宮殿下

總督과總監 天機를奉伺

第三期戰鬪에 終了

蔣政權은完全

무한삼진 함락은 이 책에서 다루고 있는 네 명 모두에게 큰 충격을 주었지만, 현재 그 생생한 면을 파악할 수 있는 자료는 많지 않다. 그런데 이광수의 경우 당시 전향을 공개적으로 표명한 선언서가 있어 그 과정을 아주 자세하게 알 수 있다. 이광수는 중일전쟁이 일어나기 직전에 수양동우회 사건으로 체포된다. 옥중에서 중일전쟁 소식을 접하면서 그 추이를 계속해서 추적하였다. 중국이 이기면 조선의 독립이 뜻밖에 빨리 이루어질 수 있고 일본이 이기면 난감한 상황에 빠지기 때문이다. 결국, 일본이 승리하자 이광수는 더는 조선의 독립을 기대하는 것은 어렵다고 판단하고 일본 제국의 신민으로 사는 길을 택한다. 중국이 건재할 무렵만 해도 독립의 희망을 품을 수 있었지만, 중국이 패망한 후에는 더는 조선의 독립 가능성은 없다고 보았다. 이제 자기가 할 수 있는 최선은 조선인과 일본인이 하나가 되어 조선인이 더 이상 차별받지 않고 살아가는 것으로 생각하였다. 당시 이광수가 동우회 회원들을 모아 진행한 전향 집회에서의 결의에서 잘 확인할 수 있다.

결의

우리들은 병합 이래 일본 제국의 조선통치를 영국의 인도 통치나 프랑스의 베트남 통치와 같이 단순한 이른바 식민정책으로 생각해 왔다. 그리고 조선 민족은 일개 식민지 토인으로 영원히 노예의 운명에 놓인 것이라고 한탄해 왔다. 메이지 대제(大帝)의 일시동인(一視同仁)의 말씀은 실제로는 영구히 실현되지 않을 것이라고 생각했던 것이다. 이에 우리들은 독립사상을 품고, 조선 민족을 일본 제국의 굴레로부터 해방하는 것이 우리들이 의무라고 믿어왔던 것이다. 그러나 우리들은 과거 1년 반 깊이 반성한 결과, 조선 민족의 운명에 대해 재인식하고 종래 우리들이 품었던 사상에 대해 재검토함으로써 일본 제국의 조선통치의 진의에 대하여 올바른 이해에 도달할 수 있었다. 우리들을 이 기쁜 결론으로 이끈 가장 유력한 원인이 된 것은 지나사변으로 인해 명백해진 일본의 국가적 이상과 미나미 총독의 몇 가지 정책과 의사표시이다. 우리들은 지나사변에 대한 일본 제국의 국가적 이상이 서양의 제국주의 국가들의 그것과는 매우 현격한 차이가 있음을 인식했다. 일본은 팔굉일우(八紘一宇)의 이상을 깊이 인식하여 우선 아시아 제민족을 구미 제국주의와 공산주의의 질곡으로부터 벗어나게 하고 동양 본래의 정신문화 위에 공존공영의 신세계를 건설하는 데 일본 제국의 국가적 이상이자 목적을 두었음을 이해하는 동시에, 조선 민족도 결코 종속자나 추수자로서가 아니라 함께 일본 국민의 중요한 구성분자로서 이 위업을 분담하고 또 이로부터 다가올 행복과 영예를 향수할 자임을 국가로부터 허락받고 또 요구받았음을 우리들은 이해할 수 있었던 것이다. 이미 교육의 평등은 실현되었다. 가까운 장래에는 의무교육도 실시되고 병역의 의무를 조선 민족에게 실시케 할 것도 암시되어 있다. 일언이폐지하면, 일본 제국은 조선 민족을 식민지의 피통치자로서가 아니라 진실로 제국의 신민으로서 받아들였고, 그리고 거기에 신뢰하고자 하는 진의가 있음을 우리들은 이해하고 또 믿을 수 있게 된 것이다. 이리하여 우리들은 종래 우리들의 오해에 기초한 조국에 대해 진실로 죄송스러운 사상과 감정을 청산하고 새로운 희망과 환희와 열정을 갖고 다음과 같이 결의한다.

一. 우리들은 지성으로써 천황에게 충의를 바치자.
二. 우리들은 일본 국민이라는 신념과 긍지로써 제국의 이상 실현을 위해 정신적・물질적으로 전력을 다하자.
三. 지나사변은 우리가 일본 제국의 국가적 이상 실현의 기초에 관계되는 것임을 확실히 파악하고, 작전 및 장기 건설을 위한 온갖 국책의 수행에 최선의 노력을 하자.

이에 메이지절을 택하여, 우리들은 숙려를 거듭하여 합의를 이룬 바이다.

1938년(昭和 13) 11월 3일 원(元)동우회 회원 일동 무한삼진의 함락이 문화주의적 동화형의 친일 협력을 하였던 이광수에게 얼마나 큰 충격을 주었는가를 짐작할 수 있다. 이러한 점은, 정도의 차이에도 불구하고, 이 책에서 다루는 네 유형의 친일 협력 문학인들에게 공통적으로 확인할 수 있다.

申合

吾等は併合以來の日本帝國の朝鮮統治を英國の印度に對するが如き、佛國の安南に對するが如き、單なる所謂植民政策と解して來た。そして朝鮮民族は一植民地の土人として永遠の奴隷たるの運命に置かれたるものと嘆いて來た。明治大帝の一視同仁の御言葉は實際に於いては永久に實現されないものと思つたの。である。是に於いて吾等は獨立思想を抱き、朝鮮民族を日本帝國の羈絆より解放することが吾等の義務と信じて來たのである。

併し吾等は過去一年有半深き反省の結果、朝鮮民族の運命に對する再認識、從來吾等が抱懷せる思想に對する再檢討によりて日本帝國の朝鮮統治の眞意圖に對する正しき理解に達することが出來た。吾等を此の喜ばしき結論に導いた最も有力なる要因をなすものは、支那事變によりて明らかにされた日本の國家的理想と、南總督の幾つかの施政や意思表示とである。

2) 신체제와 '대동아공영론'

每日新報

社說 宣戰大詔渙發

深更까지御精勵
聖慮는拜察하기에도惶恐無地

陸海兩相에勅語下賜

勅語

奉答文

陸海兩相奉答文

米太平洋艦隊潰滅
我海空軍、史上未曾有의大戰果

米輸送船二隻沈沒

蘭印對日宣戰布告

加奈陀도 宣戰을布告

帝國의隆替在此一戰
決死報國宸襟奉安
東條首相

皇軍遂羅灣에上陸

1940년 6월 파리가 함락된 이후 동아신질서 대신에 '대동아공영론'이 제출되었고 더불어 서구 근대를 넘어서는 신체제론이 일본 제국의 통합 구호로 등장하였다. 1940년 프랑스 대신에 일본이 베트남을 점령하면서 이 '대동아공영론'은 육체를 얻었다. 그러다가 태평양전쟁이 터지면서 이 '대동아공영론'

은 한층 힘을 더하여 이후 전쟁이 끝날 때까지 지속하였다. 동아신질서의 확대판이라고 할 수 있는 '대동아공영론'은 단순 확장은 아니었다. 동아신질서론이 나올 무렵에는 중국의 지배가 핵심이었고 서양과 동양의 대립은 아주 부차적이었다. 하지만 '대동아공영론'이 등장하면서 서양에 대립한 동양이 확실하게 주목받았다. 일본은 남방 지역을 독립시켜 준다고 선언까지 하면서 서양과 동양의 대립에 입각한 '대동아공영론'을 부각했다. 점차 이 논의가 확대되면서 조선의 협력 문학인들에게는 심한 내부 동요를 가져다주었다. 기존의 '내선일체론'과 '대동아공영론'이 서로 맞지 않는 대목이 생겼기 때문이다. '대동아공영론'에서는 일본 이외의 지역을 서양의 제국 열강으로부터 빼앗아 돌려준다는 차원에서 명목상으로 독립을 시켜준다고 약속하였다. 이러한 점이 이들 지역보다 결코 문명의 역사가 짧지 않은 조선의 입장에서는 이해가 가지 않는 일이다. 그들을 독립시켜주는데 왜 조선은 독립이 되지 않느냐는 의문이 드는 것이다. 협력 문학인들은 역시 이 문제를 해결해야만 그 앞으로 나아갈 수 있기에 골몰할 수밖에 없었다. 다음 좌담회의 대목은 이를 잘 보여준다.

辛島驍 : 남방에 독립이 인정된 지역이 있다고 해서, 조선이 이를

따르려고 하는 생각은 금물입니다.

崔載瑞 : 그런 일은 전혀 없을 겁니다.

辛島驍 : 조선은 일본의 입장에서 모든 것을 생각해야 합니다. 거기서 여러 가지 문제도 발생하는 것입니다.

津田剛 : 대동아공영권 내에서 내선일체의 의의를 다시 생각해야지요[1]

이 글은 태평양전쟁이 일어난 직후인 1942년 1월 잡지 『국민문학』의 주최로 이루어진 좌담 「대동아문화권의 구상」의 일절이다. 일본이 태평양전쟁을 시작하면서 내세운 명분은 구미제국주의로부터 아시아를 해방하는 것이었다. 그러므로 구미의 식민지였던 동남아 지역을 끌어들이기 위하여 그들을 식민지에서 해방해 독립시켜 준다고 설득하였다. 물론 일본이 '대동아공영'의 논리를 내세운 것은 이 무렵이 처음은 아니다. 1940년 10월 일본이 베트남을 침공할 때 이미 이 논리를 표방

1 이원동 편역, 『식민지 지배 담론과 '국민문학' 좌담회』, 역락, 2009.

하였다. 하지만 태평양전쟁이 일어나면서 이를 더욱 정교하게 직접 내세웠다. 그리고 동남아 나라들의 독립을 약속하였다. 그러므로 당시 조선의 문화 정책을 좌지우지하던 이데올로그였던 가라시마[辛島驍]나 쓰다[津田剛]가 조선인들이 이 영향을 받아 조선의 독립을 요구하지 않을까 걱정하는 언사를 하였다. 이런 점을 미루어 볼 때 '내선일체'와 '대동아공영'은, 흔히들 생각하는 것처럼, 그렇게 매끄럽게 연속되는 것만은 아님을 알 수 있다.

3) 대동아문학자대회

대동아문학자대회는 친일 협력 문학인들에게 내면화를 불러일으키는 결정적 계기 중 하나였다. 얼핏 보면 대동아문학자대회에 참가한 조선의 작가들은 비슷한 반응을 보였을 것처럼 보이지만 좀 더 자세히 보면 사정이 그렇지 않음을 알 수 있다. 특히 동화형 친일 협력과 혼재형 친일 협력에 따라 반응은 매우 달랐다.

동화형 친일 협력자들은 기본적으로 대동아문학자대회를 쉽게 받아들일 수 없는 위치에 있었다. 동화형 친일 협력은 '내선일체'를 '내지화'로 이해하고 있으므로 조선이 일본을 따라가

(一) 第百四十三號 日本學藝新聞 昭和十七年十一月十五日

日本學藝新聞

雄渾なる構想に固き誓ひ

文學者大會の輝く成果

特輯・大東亞文學者大會

眞情の吐露

加藤武雄

大會所感

川路柳虹

야 하고 닮아가야 한다고 생각하였다. 그렇기 때문에 조선 이외의 중국이나 남방의 작가들이 참여하는 이 대동아문학자대회를 편하게 받아들일 수 없었다. 이 점은 혈통주의적 동화형 친일 협력을 주장하였던 장혁주의 경우 더욱 심하였다. 장혁주는 내지와 조선이 만날 수 있었던 것은 같은 피를 나누는 형제였기 때문에 가능하다고 생각하였다. 그렇기에 피를 나누지 않은 다른 지역의 '대동아공영론'의 작가들을 어떻게 받아들이느냐 하는 것은 결코 간단한 문제가 아니었다. 따라서 장혁주는

1회 대회에서 준비위원으로 참가하고 2회 대회에서는 조선측의 일원으로 참여하였는데 중국인 작가에 불만을 강하게 드러내게 된다. 2회 대회에서 중국측 작가 주작인이 이 대회에 참가하지 않고 그의 추천으로 제자인 심계무가 참여하였는데 일본측 작가 카와카미 테츠타로가 주작인을 '노반동작가'라고 비판하자 장혁주가 연이어 날카로운 비판을 한다. 카와카미보다 더욱더 열을 올려 주작인을 비판하고 있는데 여기에는 장혁주가 평소에 가졌던 조선 이외의 지역에 대한 강한 배제가 깔려 있다.

혈통주의적 동화형의 친일 협력을 주장한 장혁주와는 달리 문화주의적 동화 협력을 주장한 이광수에게 대동아문학자대회는 새로운 기회라고 할 수 있다. 물론 이광수 역시 혈통주의에 대해서는 비판하였지만 '내지화'로 '내선일체'를 이해하였기에 중국을 '대동아공영론' 차원에서 어떻게 이해할지는 절대 간단한 문제가 아니었다. 막연하게 '대동아공영론'이 논의될 무렵만 해도 넘길 수 있었지만, 중국의 작가를 비롯한 아시아의 작가들이 모이는 대회에 서게 되었을 때 이 문제를 지나칠 수 없었다. 혈통주의적 방식으로는 접근 자체가 원천적으로 불가능하지만 문화주의적 방식을 택한 이광수에게는 길이 보였다. 모든 동양의 문화적 원류들이 일본화되어 일본에 보존되어 있으므로 중국인들이 현재 일본의 이러한 정신을 이해하게 되면 일본을 받들 수 있다는 것이다. 이런 시각으로 쓴 것이 단편소설 「대동아」이다. 이광수는 조선인의 동화와 '대동아공영론'이 서로 배치되지 않는 것으로 이해하였다.

혼재형의 동화협력을 했던 유진오와 최재서에게 대동아문학자대회는 남달랐다. 속인주의적 혼재형 친일 협력을 했던 유진오에게 대동아문학자대회는 특별한 감흥을 주는 행사였다. 1회와 2회 대회에 연속적으로 참가하였던 유진오는 동양의 문예부흥을 논한 글을 쓸 정도로 깊은 감명을 받았던 것으로 보

ら敬禮をとつてをられます。
金顯午（日本・朝鮮）今こゝにわれ〳〵が、大東亞精神の樹立および強化普及に關しまして、意見を交はすといふことは、即ち今まで大東亞精神が、西洋唯物的精神によつて曇らされてゐたからであるといへると思ひます。今やわれ〳〵はその曇らされてゐた大東亞精神の曇りを拭ひ去らなければならない段階に立至つてゐるのであります。如何にしてその精神の曇りを拭ひ去るか、それは先程から皆様から御意見の開陳がありました通りに、大東亞の文化を宣揚することであり、そのためには、一方において長與先生からもお話がありましたやうに、東洋の古典を研究し、東洋固有の精神を研究する學究的な機關を作る、といふやうなことも非常に必要でありませ

인다. 여러 지역의 작가들이 아시아의 부흥이란 차원에서 미래를 논하는 것을 보면서 동양의 미래를 보았다. 이들을 묶을 수 있는 것이 과거 중국의 도의였다고 하면서 새로운 아시아의 가치를 발견하려고 노력하였다. 유진오에게 이 대회는 서양에 맞선 본격적인 동양의 가치를 발견하는 계기로 작용하였다. 최재서는 좀 달랐다. 서구 근대의 초극을 국가주의에서 구하였던 최재서에게 대동아의 다양성이라는 것은 다소 당황스러운 문제였다. 일본이 아시아를 주도한다는 것은 반가운 일이지만 그 다양한 면모를 묶을 수 있는 것이 무엇인가에 대해서는 쉽게 설명할 수 없었다. 그가 택한 길은 황도였다. 천황의 정신을 중심으로 연대해야 한다는 것이다. 그것이 없을 때는 '대동아공영론'은 무의미해진다는 것이다. 서양 근대의 자유주의가 침몰하는 것을 보면서 국가주의를 선택하였던 최재서로서는 이런 중심이 없는 아시아를 생각하기 어려웠을 것이다. 최재서의 대동아문학자대회의 참가는 천황과 황도의 중요성을 깨닫는 결정적 계기 중의 하나였다.

네 유형의 작가들은, 그 구체적 양상의 차이에도 불구하고, 대동아문학자대회에 참가하여 그 실상을 경험함으로써 친일 협력의 내면화를 더욱 강화하였다.

4) 결전기—학병 동원

1943년 중반 이후 패색이 짙어지면서 일본 제국은 결사항전을 펼칠 수밖에 없었다. 가능한 모든 자원을 동원하여 전쟁을 수행하기 위하여 '필승국내태세강화방책'을 수립하였다. 그동안 미루어 두었던 모든 자원을 총동원할 수밖에 없는 상황에 직면하였다. 그중의 하나가 바로 학병동원이다. 1943년 9월 23일 '필승국내태세강화방책'이 발표되자 이광수는 「정지」라는 시를 쓸 정도로 촉각을 곤두세웠다. 전쟁의 승리를 위해 모든 것을 정지해야 한다는 것이다. 9월 23일 발표를 들은 직후에 창작하여 다음날인 9월 24일 『매일신보』에 발표하였다. 전쟁에서 이긴 후 다시 시작할 때까지 모든 것을 정지해야 한다

每日新報

必勝國內態勢强化方策

一億、戰捷에猛進

統帥、國務의緊密化期圖

[illegible]

獨軍베리슈市를撤收

[illegible]

完勝

各

[illegible]

(第二版) 皇紀二千六百三年 昭和十八年十月二十一日 (木曜日) 每日新報

每日新報

半島學徒에特別志願兵制

適齡經過者에恩典

今日陸軍省令公布實施

[illegible]

特別志願兵制實施內容

[illegible]

新嘗祭의新穀 上納日程決定

[illegible]

要衝冷水 皇軍、雲

[illegible]

는 취지의 시다. 10월 20일 드디어 특별지원병 제도 즉 학병이 발표되었다.

그동안 특별지원병 제도의 이름으로 많은 조선인을 동원하였지만, 대학생들은 제외하였다. 그런데 이제 대학생들을 전쟁에 동원하는 것이다. 말은 지원이지만 실제로는 강제동원이었다. 전선에 나갔던 많은 학병이 일본 군대를 탈출하여 광복군이나 조선의용군에 참여하거나 혹은 산중으로 간 것이 이를 명확하게 말해준다. 당시 전선에 나가기를 꺼렸던 많은 조선의 학생들은 처음에는 피하였지만 주변의 강요로 인하여 어쩔 수 없이 전장에 나가게 되었다. 군대에 가지 않으면 비국민으로 낙인찍히고 그렇게 되면 엄청난 위협에 시달려야 했기 때문에 본의와 다르게 군대로 나갔다.

서양에 맞서 동양을 지키지 않으면 자기도 존재할 수 없다는 신념을 가졌던 이들은 학병 동원을 계기로 자기를 내적으로 다지기 시작하였다. 특히 흥미로운 것은 혼재형 친일 협력을 했던 문학가 즉 최재서와 유진오였다. 이들은 동화형 친일 협력을 했던 이광수와 장혁주와는 다르게 항상 조선적 특성을 지키고자 하였다. 그런데 결전기가 시작되면서 강하게 흔들렸다. 최재서는 황도라는 개념을 통하여 대 일본 제국의 통합을 노렸다. 하지만 결전기가 다가오면서 이것만으로는 전쟁에 조선사람들이 적

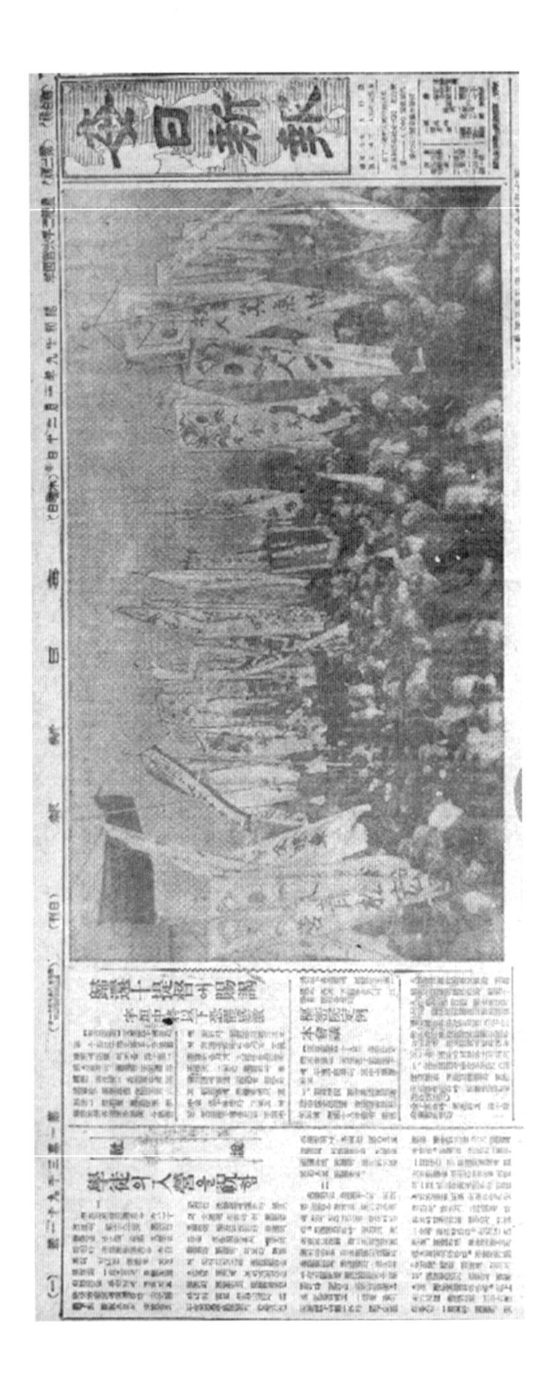

극적으로 참여해야 할 명분이 서지 않았다. 특히 자신처럼 조선 반도의 특수성을 지키면서 일본 제국의 신민으로 되려고 하였던 이들에게는 더욱 그러하다. 그리하여 그가 선택한 것은 1944년 1월 1일의 창씨개명이었다. 자신의 머리가 환하게 맑아졌다고 표현할 정도로 내면화의 계기가 된 이 창씨개명은 결전기의 상황에서 최재서가 가졌던 나름의 동요를 해결하는 것이기도 하였다. 혼재형의 또 하나의 인물이었던 유진오도 결전기에 이르면서 전쟁을 독려하는 일에 적극적으로 나선다. 그가 볼 때 조선인들의 전쟁 참여를 통하여 일본 제국을 구하는 것이 서양에 맞선 동양을 구하는 일이라고 생각하였기 때문이다. 전쟁이 막바지로 치달으면서 위기가 강화되자 전쟁 독려를 하지 않을 수 없었다. 하지만 유진오는 최재서와 다르게 끝까지 창씨개명과 같은 일은 하지 않고 이 과업을 수행하였다. 조선적 특수성을 지키면서 제국의 신민이 되고자 했던 그가 할 수 있는 최대치는 창씨개명은 하지 않되 전쟁 독려는 이전보다 더 강렬하게 하는 것이었다.

1장

문화주의적 동화형 친일 협력 : 이광수

1. 무한삼진 함락과 문화적 동질성으로서의 '내선일체'론

무한삼진이 함락된 이후 그 역사적 의미를 해석하는 방법은 동화형 친일 협력과 혼재형 친일 협력이 각각 달랐다. 혼재형 친일 협력은 주로 동아시아 신질서의 확립이라는 측면에서 접근하였다. 때에 따라서는 이를 더욱 확대하여 동양이라든가 아시아를 염두에 두고 서양과의 대립을 상정하였다. 물론 이들에게도 '내선일체'의 구호는 중요하였다. 내선 간의 차별 철폐로서 이해할 뿐만 아니라 제국 내에서의 평등으로 간주하였다. 그러므로 다른 동아시아 지역을 끌어들일 수 있었다. 동화형 친일 협력의 경우 '내선일체'를 중요시하고 동아시아의 신질서와 같은 문제에 대해서는 거의 무관심하였다. 그럴 수밖에 없는 것이 이들은 '내선일체'를 조선인과 '내지인'의 동질성으로 이해했기 때문이다. 그러므로 관심은 오로지 동조동근과 같은 것을 어떻게 볼 것인가의 문제로만 초점을 맞추어서 논의하고 동아시아와 같은 문제에는 관심을 두지 않았다.

동화형 친일 협력을 주장하였던 이광수는 무한삼진 함락 이후 지속적으로 차별철폐로서의 '내선일체'만을 강조하고 이를 뒷받침하기 위하여 동조동근론을 끌어들였다. 이광수는 '내선일체'를 하는 것이 내선 간의 차별을 없애는 일이고 나아가 조선 민족을 위하는 일이라고 생각하였기에 오로지 여기에 매진한다.

> 네가 만일 민족주의자일진대 금후의 조선의 민족운동은 황민화운동임을 인식하여야 할 것이다. 하루라도 속히 황민화가 될수록 조선민족에게 행복이 오는 것이다. 천황의 신민으로 살아가지 아니할 수 없는 운명에 조선 민족이 있음을 아직 인식하지 못한다면 그는 우자일 것이오, 만일 인식을 하면서도 스스로 적극적으로 나서지 못하고 좌고우면하여 남들이 하는 양을 보고 있는 것은 민족애도 없고 용기도 없는 이기적이요 비열한 자라 아니 할 수 없을 것[1]

"천황의 신민으로 살아가지 아니할 수 없는 운명에 조선 민족이 있음"이라는 것은 무한삼진 함락 이후에 더는 독립의 희망이 없어졌다는 것을 의미한다. 그동안 이광수는 일본과 중국이 전쟁하게 되어 중국이 이기게 되면 조선은 자동으로 독립될 수 있다고 믿었기에 실력양성론을 펼치면서 버틸 수 있었다. 하지만 무한삼진의 함락을 일본의 종국적 승리로 보았기 때문에 더는 중국을 비롯한 국제 사회의 도움으로 조선이

---

1 이광수, 「국민문학의 의의」, 『매일신보』, 1940.2.16.

독립할 수 있는 길은 없어졌다고 판단하였다. 천황의 신민으로 살아가지 않을 수 없다는 절망론을 펼쳤던 것이다. 이제 남은 것은 하루빨리 황민화를 이루는 것이다. 그러기 위해서는 동조동근론을 확충하여 '내선일체'를 역사적으로 뒷받침하는 일일 터이다.

그런 점에서 1940년 2월 20일자 『매일신보』에 발표한 「창씨와 나」는 이광수의 논리와 심정이 가장 잘 드러나는 글이라고 할 수 있다.

> 내가 향산이라고 씨를 창설하고 광산이라고 일본적인 명으로 개한 동기는 황송한 말씀이나 천황어명과 독법을 같이 하는 씨명을 가지자는 것이다. 나는 깊이깊이 내 자손과 조선 민족의 장래를 고려한 끝에 이리하는 것이 당연하다는 굳은 신념에 도달한 까닭이다. 나는 천황의 신민이다. 내 자손도 천황의 신민으로 살 것이다. 이광수라는 씨명으로는 천황의 신민이 못 될 것이 아니다. 그러나 향산광랑이 조금 더 천황의 신민답다고 나는 믿기 때문이다. 내선일체를 국가가 조선인에게 허하였다. 이에 내선일체운동을 할 자는 기실 조선인이다. 조선인이 내지인과 차별 없이 될 것밖에 바랄 것이 무엇이 있는가. 따라서 차별을 제거하기 위하여서 온갖 노력을 할 것밖에 더 중대하고 긴급한 일이 어디에 있는가.

성명 3자를 고치는 것도 그 노력 중의 하나라면 아낄 것이 무엇인가. 기쁘게 할 것 아닌가 나는 이런 신념으로 향산이라는 씨를 창설하였다.[2]

이광수는 조선인과 일본인의 차이가 완전히 없어진 상태야말로 차별이 철폐되는 것이라고 믿었다. 그리하여 창씨개명을 '최후의 차별철폐'[3]라고 불렀다.

그러므로 동아신질서를 생각하는 중요한 계기였던 중일전쟁의 3주년이 되는 1940년 7월의 각 신문과 잡지의 특집에 유진오나 최재서와 같은 혼재형의 친일 협력 문인들은 동아시아론이나 동양론에 관한 글을 펼친 반면, 이광수는 여전히 '내선일체'만을 주장하는 글을 썼다. 『삼천리』 1940년 7월 성전 3주년 특집에 쓴 글에서 이광수는 그동안 '내선일체'를 통하여 내선 간의 차별이 철폐되는 과정을 적고 창씨야말로 그 정점이라고 주장하였다.

1938년 이후 조선은 줄곧 '내선일체'를 통하여 차별을 철폐하였다고 보았다. 가장 먼저 이루어진 것은 1938년 4월에 있었던 제3차 조선교육령 개정으로 인한 내선공학이다. 그동안

2 이광수, 「창씨와 나」, 『매일신보』, 1940.2.20.
3 이광수, 「성전 3주년」, 『삼천리』, 1940.7, 88쪽.

'국어를 상용하는 자'와 '국어를 상용하지 않는 자'의 구분을 두었던 것을 없애버림으로써 일본인 본위로 교육제도를 바꾸어 버렸다. 이를 두고 이광수는 차별철폐의 시작이라고 보았다. 다음으로는 지원병 제도이다. 그동안 조선인들은 일본 군인이 될 수 없었다. 하지만 지원병 제도가 생김으로써 보통학교를 졸업한 사람은 지원병으로 입대할 수 있었다. 이 역시 차별철폐라고 보았다. 이와 맥을 같이 한 것으로 내선통혼을 들 수 있다. 그동안 일본인과 조선인간의 결혼이 특별히 금지되었던 것은 아니다. 하지만 조선인들의 피가 섞이면 일본 혈통의 순수성이 보존되지 않는다는 차원의 여론이 만만치 않았기에 꺼림칙한 구석이 많았다. 그런데 '내선일체'가 강조되면서 내선통혼이 장려되었기에 더는 눈치 볼 필요가 없게 된 것이다. 이 역시 내선공학이나 지원병제도와 마찬가지로 차별철폐의 일환으로 보았다.

> 우리가 무슨 공로가 있기로 내선일체의 영예를 바라겠습니까. 그런데 교육도 평등되고 국방의 영예로운 신뢰도 받게 되었습니다. 내선양족 간에 혼인과 양자가 허하여지게 되었고 공통한 씨명을 칭하게 되었습니다. 이것은 어느 치자 피치자 양민족 간에도 보지 못한 광고의 신예입니다. 이제부터는 조선인이 이 성은에 보답

하도록 성의있게 노력만 하면 조선인은 모든 점에서 완전한 황국신민이 되는 것입니다. 우리 자손은 완전한 황국신민이 되는 것입니다.[4]

이렇게 이광수는 '내선일체'가 완벽하게 이루어질 때 비로소 조선인은 황국신민이 된다고 보았다. 그런 점에서 창씨개명에 대해 그가 그토록 흥분한 것은 절대 놀라운 일이 아니다. 창씨개명을 하면서 발표한 글에서 피와 살 모두 일본인처럼 되어야 한다는 주장은 너무나 자연스러운 것이다. 자기 말처럼 민족의 희망이 바로 이 최후의 차별철폐로서의 창씨개명에 있었기 때문이다.

2. '대동아공영론'과 혈통주의 비판

1940년 6월 이후 일본은 남방을 끌어들이면서 대동아를 주장하였다. 동아신질서에서 이제 아시아의 신질서로 바뀐 것이다. 적지 않은 이들이 이러한 정세의 변화를 읽고서는 새로운

4 위의 글, 87쪽.

방식으로 대응하기 시작하였다. 무한삼진의 함락 이후 '내선일체'를 받아들이고 이를 제국 내 내선 간의 평등으로 생각하고 동양론에 깊은 관심을 가졌던 유진오라든가, 무한삼진의 함락이 갖는 의미를 받아들이지 못하였다가 '대동아공영론'의 신체제가 이야기되자 급속하게 포섭된 최재서는 이 시기부터는 '내선일체'보다는 동아신질서라든가 신체제에 대해서만 언급한다.

이광수는 파리 함락으로 인한 신체제라든가 '대동아공영론'으로의 확대를 통한 아시아주의와 같은 문제에 대해서 분명 알고 있었다. 파리 함락으로 인한 신체제가 갖는 세계사적 변동에 대해서 완전히 무심하지는 않았다. 이는 다음의 대목에서 확인할 수 있다.

> 이 글은 금년 3월 말경에 쓴 것으로 이러한 생각이 옳은가 아닌가를 지난 5개월간 음미해왔다. 최근 경성일보 미타라이 사장께서 읽어보시고 이로써 좋다고 했으나 4월 이래 내외 정세가 다소 변했다. 그 하나는 창씨가 전 인구의 8할 9분 3리에 이르렀으며 또 하나는 의무교육의 실시에 관한 것이 유유히 정식으로 발표되었다는 사실이다. 그러나 현재 그 준비를 하고 있기에 쇼와 20년 이내에 실시되리라 한다. 또한 4월 이래 변한 것으로는 유럽의 동정이다. 역사도 문화도 밝은 몇 나라가 툭툭 쓰러져 저 프랑스조차 무조

> 건 항복했고 바야흐로 열국이라는 이백년 이래 세계를 내 것으로 해온 대제국의 문명도 아무래도 위험해지고 있다. 구질서가 일소되고 세계적으로 신질서가 생기고 있다. 이 사실은 일본의 사명을 분명히 한 것으로 생각된다. 아리타 전 외상의 성명에 의해 동양까지도 휘몰아칠 동양질서 확립이 목표로 되어 본다면 제국이 지금부터 해야 할 사업은 동아신질서보다도 배가되었다고 하겠다.[5]

이제 중요한 것은 '내선일체'와 '대동아공영론'을 어떻게 조화시킬 수 있는가의 문제였다. 그리하여 이 시기 이후 힘을 쏟는 곳은 혈통주의적 동화에 대한 비판이었다. 과거부터 조선과 내지는 같은 문화를 가졌지 절대로 같은 혈통을 가진 것은 아니라는 것이다. 피가 어느 정도 섞인 것은 사실이지만 완전하게 겹치는 것은 아니라는 것이다. 그렇기에 더욱 중요한 것은 혈통이 아니라 문화이다. 문화가 같으면 얼마든지 '내선일체'를 실현할 수 있다는 것이다. 즉 조선인들이 일본정신을 배워 체득한다면, 진정한 일본인이 될 수 있고 '내선일체'를 구현할 수 있다는 것이다. 이러한 견해는 당시 일본 내에 퍼져 있었던 두 경향 중에서 혈통주의를 비판하는 다민족론과 언어 내셔널

---

5 이광수, 「동포에게 보낸다」, 김윤식 편역, 『이광수의 일어 창작 및 산문선』, 역락, 2001, 70~171쪽.

리즘에 맞닿아 있었다.

당시 일본 내에서는 일본 민족의 기원을 둘러싸고 상이한 입장이 공존하였다. 다민족론은 일본 자체가 다양한 민족으로 구성되었다고 보았는데 이들은 '내선일체'를 지지할 수 있었다. 조선인이 일본어와 일본 풍습을 배우면 얼마든지 일본제국의 신민이 될 수 있다고 보았다. 다민족론과 언어내셔널리즘은 그런 점에서 통할 수 있었다. 이에 반해 단일민족론은 일본 민족은 단일한 혈통으로 오랜 세월 진행되었기에 순수혈통의 우수성을 견지하고 있어 결코 다른 민족 특히 식민지 피지배민족과 섞일 수 없다는 입장이었다. 단일민족론과 혈통내셔널리즘은 궤를 같이 하였다. 이러한 두 개의 입장 중에서 이광수가 기댔던 것은 다민족론과 언어내셔널리즘이었고, 비판하였던 것은 단일민족론과 혈통내셔널리즘이었다.

이처럼 혈통주의적 동화형의 친일 협력을 비판하면서 문화주의적 동화형 친일 협력을 주장하였던 이광수가 행한 행동은 두 가지 방면으로 확산되었다. 하나는 조선인들에게 일본인처럼 되라고 주문하는 것이고, 다른 하나는 일본인을 향하여 조선인을 동포처럼 대해주라고 간청하는 것이다. 왜냐하면, 진정한 '내선일체'는 조선인과 일본인 양측 모두에게 입장의 전환이 요구되는 것이기 때문이다.

일본인에게 '내선일체'의 요구를 하기 위해서는 우선 조선인들부터 변하여야 한다고 생각한 이광수는 조선인들에게 강한 요청을 한다. '내선일체'를 위해서 조선인들이 해야 할 일은 지원병으로 지원하는 것과 창씨개명을 하는 것이다. 이 둘이 이루어져야 일본인들에게 '내선일체'를 요청할 수 있는 위신이 선다고 보았다. 1938년 3월 조선인들의 지원병에 관한 결정이 내려오자 이광수는 조선인이 진정한 일본인이 되고 이후 차별받지 않을 수 있는 절호의 기회라고 생각하였다. 그동안 일본제국은 조선인들에게 군대에 지원하는 것을 막았다. 일본제국에 대한 조선인들의 충성을 믿지 못하였기 때문에 혹시나 있을 수 있는 전쟁에서의 돌발 사태를 고려하여 원천봉쇄하였다. 하지만 일본 제국이 전쟁에 돌입하면서 병력이 모자라자 조선인들의 지원을 허락하였다. 이광수는 이것이 조선인으로서는 제국의 신민이 될 좋은 기회라고 생각하여 많은 이들이 지원할 것을 독려하였다. 피를 흘려야만 조선인을 일본인으로 같은 동포로 대우해줄 것이라고 믿었다. 피를 흘리지 않는 조선인들을 왜 일본인들이 동포로 취급해주겠느냐 하는 것이었다. 이인석 상병이 지원하여 전사하였을 때 그에게 고맙다고 할 수 있었던 것은 바로 이러한 맥락에서 나온 것이다. 그런 이광수가 제2의 이인석을 촉구하는 시를 지었던 것은 결코 낯선

일이 아니다. 젊은 청년들이 일본군으로 싸움터에 나가는 것은 독립의 희망이 없는 조선의 현실에서 영원히 차별받지 않고 살아갈 수 있는 유일할 길이라는 확신이 서 있었기에 이러한 시가 가능한 것이다. 오늘날 보면 외압에 의해 어쩔 수 없이 마음이 없는 시를 썼다고 할지 모르지만, 이는 당시 이광수의 내적 논리를 이해하지 못한 소산이다. 이광수는 2천만 조선 민중의 복지를 위해 이러한 시를 썼다. 다음으로는 창씨개명이다. 성과 이름을 바꾸어야만 누가 원래 조선인이었는가 하는 것을 알 수 없게 되고 그럴 때만이 차별이 없어지는 것이라는 논리이다. 피와 살이 일본인처럼 되어야 한다고 했을 때 그것은 결코 강요된 것이 아니었다. 차별을 받지 않고 당당하게 대우받고 살기 위해서는 구분이 없어져야 한다는 것이다.

이광수의 이러한 열망은 재일조선인에게까지 확대되었다. 1941년 5월 일본 동경에 있는 중앙협화회의 이름으로 발간된 『내선일체수상록』은 재일조선인을 향한 이광수의 발언이었다. 중앙협화회는 1938년 11월의 발기인 대회를 거쳐 1939년 6월 창립총회를 한 단체로 무한삼진 함락 이후 '내선일체'가 강화되면서 재일조선인들을 포섭하려고 만든 단체였다. 그동안 간헐적으로 지역 차원에서 만들어졌지만, 이 시기에 이르러 국가 차원에서 조직된 것이다.[6] 이런 단체에서 발행하는 책이기 때문에 재일조선인들을 향한 것임이 틀림없다.

이 책자에서 이광수는 자신의 유학시절을 떠올리면서 재일조선인들이 일본어와 일본 풍습을 익히는 것이 '내선일체'를 앞당기기 위해 얼마나 중요한 것인가를 설파하고 있다. 그런데 이 글에서 중요한 것은 역시 혈통내셔널리즘에 대한 비판이다.

> 일본인이란 일본정신을 소유하고 또 그것을 실천하는 자를 가리킨다. 우리 제국은 예로부터 그러했거니와 금후 한층 혈통국가여서는 안 된다. 이따금 내선은 혈통에 있어서도 적어도 전인구의 1/3의 혼혈율을 갖고 있어 보여 하나로 되고 하나의 국민을 조형함에는 참으로 좋은 형편이라고까지 말해지고 있지만 대동아공영권 건설을 위해서는 오히려 혈통이란 방해가 될 수도 있다. 항차 팔굉일우의 큰 이상으로써 전 인류를 포섭하고자 함에 있어서랴.[7]

천황의 이름으로 혈통내셔널리즘과 단일민족론을 비판함으로써 내선일체를 통한 차별극복이란 자신의 구상을 한층 강하게 설파하였다.

'내선일체'의 요구는 비단 조선인뿐만 아니라 일본인에게도

---

6 히구치 유이치, 정혜경 외역, 『협화회』, 선인출판사, 2012.
7 이광수, 「내선일체수상록」, 김윤식 편역, 『이광수의 일어 창작 및 산문선』, 역락, 2007.

향하였다. 특히 일본인들 사이에는 혈통내셔널리즘과 단일민족론을 지지하는 사람들이 많았기 때문에 더욱 중요하였다. 일본인을 향해 이광수가 내선일체를 요구한 첫 글은 「동포에게 보낸다」이다. 재조일본인을 주된 독자층으로 삼고 있었던 『경성일보』에 발표하기는 하였지만, 문맥으로 보아 비단 재조일본인에 그치는 것이 아니고 동경에 있는 일본인을 향해서도 발언한 것이다. 경성의 일본인을 발판으로 삼아 일본 전체에 발언하고자 했던 것이 아마도 이광수의 속내였을 것이다. "그대가 만약 동경에 살고 있다면 동경에 있는 조선학생들을 군의 가정에 맞이해 보지 않겠는가. 따뜻하고 정갈한 그대 가정의 하루는 능히 그들의 마음의 언 얼음덩이를 녹이리라. 그런데 조선에 있어서조차 '내지인'과 조선인 사이의 개인적 가정적 접촉은 매우 적다네. 서로가 같은 직장이나 회사에서는 친구이지만 서로가 가정에 초대받는 일은 주저하고 있는 것 같다네. 이러고서는 참된 '접촉'이라 할 수 없다네. 그대여, 내 집에 와 주지 않겠는가"라는 대목을 보면 분명히 이 글은 일본에 있는 일본인과 조선에 있는 일본인 모두를 독자층으로 삼아 쓴 글이 분명하다. 그동안 조선인은 한 번도 일본에 굴복하는 태도를 가져보지 않았고 언젠가 도래할 독립을 위해 반역의 정신을 키웠지만, 이제는 달라졌다는 것이다. 이광수는 자신의 마음이 바뀌게 된 결정적 계기가 중일전쟁이라고 하면서 이제부터 조선인들의 희망은 영원한 차별을 받아가면서 살아가기보다는 동등한 일본국민으로 살아가는 것이라고 주장한다.

> 지금 조선인에 남아있는 유일한 희망은 평등 또는 동등한 일본인이 되는 것이라네. 이를 제하면 아무 것도 없다네. 조선은 이미 일본에서 분리하려는 공상은 포기했다네. 자자손손 평등 및 동등한 일본국민으로서의 영광을 누릴 수 있다면 무엇이 괴로워 대일본제국이라는 넓디넓은 활동 무대를 버리고 답답하도록 비좁은 소국가를 세우고자 하는 생각을 일으키랴[8]

독립을 포기한 조선인들이 기댈 수 있는 것은 차별받지 않고 살아갈 수 있는 길이라는 것이다. 일본인들이 야마토 민족의 단일 혈통만을 고집하지 말고 조선인을 일본 신민으로 받아들여 줄 것을 간청하는 것이다. 그러면 조선인은 일본국을 위해 목숨을 바치려 전쟁터에도 기꺼이 갈 것이고 일본어를 배워 일본정신을 배울 것이며 일본인의 풍습을 따르기 위해 창씨개명도 기꺼이 할 것이라는 주장이다. 이후에도 이광수는 틈만

8 이광수, 「동포에게 보낸다」, 위의 책, 166쪽.

나면 일본에 살고 있는 일본인뿐만 아니라 조선에 살고 있는 일본인들을 향해서도 이러한 간청을 하게 된다.

우선 재조일본인들 향해 이광수가 한 발언부터 보자. 재조일본인을 주 대상으로 발행되던 『경성일보』에 발표한 글 「무불옹의 추억」에서 이광수는 죽은 아베를 조선인을 차별 없이 대한 대표적인 일본인으로 그리고 있다. 조선인들을 차별하는 총독부의 관료와 대립하여 분노하고 있는 아베를 인상적으로 그리고 있다. 당시 조선총독부에 와있던 한 관료가 각계각층의 조선인들을 동등하게 대하고 있는 아베를 못마땅하게 생각하여 비난하는 것을 들은 아베는 조선총독부 관료에 대한 분노로 인하여 조선을 떠나기까지 할 정도였다는 것이다. 아베는 그러한 일본인들을 건방진 사람이라고 일컬으면서 그들이 조선에서 일하는 한 조선인은 결코 동등하게 대우받을 수 없다고 강조하는 것이다.

> "일본과 조선은 예부터 하나가 될 수밖에 없었다. 하나가 되는 것이 서로 좋지 않은가"라고 아무렇지도 않은 듯이 말했다. "그러려면 일본인이 건방진 생각을 버려야 해. 개인 개인이 마음으로 하나가 되어야 비로소 하나가 되는 것이다. 관리들이 위세 부리면 안돼."[9]

조선인을 차별하는 건방진 일본인과 대조되는 일본인으로서의 아베를 기리는 것은 일본인들이 아베처럼 행동하기를 간절하게 원하는 마음에서 나온 것이다.

이광수는 기회가 닿는 대로 재조일본인에게 다민족론의 정당성을 요구하고 그 연장선에서 '내선일체'를 주장하게 되는데 여기에는 오랜 친분이 있던 아베만이 아니라 새롭게 만나는 재조 일본인 지식인도 포함되어 있었다. 경성제대 교수 마츠모토 시게히코[松本重彦]는 그 대표적인 인물이다. 이광수는 대화숙의 강사로 왔던 마츠모토로부터 단일민족론과 혈통내셔널리즘을 비판하는 이야기를 듣고 깊은 감명을 받았다. 「행자」에 보면 당시 이광수가 그로부터 받은 인상이 얼마나 강했는가를 짐작할 수 있다.

> 모두 고마운 말씀이나 특히 고마운 것은 "일본에는 민족적 차별이란 없다. 신라나 고구려에서 귀화한 조선인은 양자로 일본인으로 되고 말았다. 혈통은 따질 것이 아니다. 대만인도 조선인도 일본인이다. 이로부터 떠나고자 하는 것은 구한국인이다. 일본은 일민족 일국가이다. 결코 일본 민족 속에는 차별이란 것이 없다. 천

9 이광수, 김원모 · 이경훈 편역, 『동포에 고함』, 철학과현실사, 1997, 253쪽.

황 밑에 있어서는 일본인은 일체 평등하다"라고 한 대목이오. (…중략…) 혈통의 것이란 문제가 아님을 교수는 말씀했지요. 정신만이 일본정신으로 된다면 조선민족은 양자적으로 일인으로 된다고 말씀했소.[10]

마츠모토 교수의 입론을 통하여 일본제국 내의 혈통내셔널리즘을 비판하고 있다. 이광수는 이러한 재조일본인을 그냥 내버려 두지 않고 자신의 차별 극복 전략으로서의 '내선일체론'에 적극적으로 활용하였다. 아베가 죽어 없는 마당에 경성제국대학 교수의 활용 가치는 높았을 것이다. 1943년 1월 1일 『매일신보』 대담에서 이광수는 대화숙에서 강의를 들었던 1941년 초 무렵을 회상하면서 다시 한 번 자신의 입론을 선전했다. 이광수는 이 재조 일본인 교수와의 대담에서 처음에는 일반적인 이야기를 하다가 다시 이 대목을 강조하면서 대담을 마치고 있다. 다소 길지만, 당시 이광수의 '내선일체' 논리를 확인하기 위하여 인용한다.

香山씨 : 언젠가 선생은 양자라는 것에 대해서 "혈족이 아니라도 양자가 되면 그 집의 사람이 된다"고 말씀을 하셨고 조선

10 이광수, 「행자」, 김윤식 편역, 『이광수의 일어 창작 및 산문선』, 역락, 2007, 100~101쪽.

인이 황국신민이 되는 것도 양자가 되는 것이라고 말씀하신 것같이 생각됩니다만.

松本씨 : 나는 역시 그렇게 생각하고 있습니다.

香山씨 : 조선인은 자기들을 내선일체라고 말은 하고 있으나 어떤지 모르게 자기들은 참으로 당당한 황국신민이 될 수 있는가 하는 의심이라고 할까 불안이라고 할까 이러한 생각을 갖는 자도 없지 않다고 생각되는데 선생은 황국신민에는 차별은 없다. 모두 평등하다고 말씀하였으며 또 천황폐하의 황민이 된 때에는 조선인도 다 같이 황민으로서 차별은 없다고 하셨는데…….

松本씨 : 아국의 국상에 있어서는 인종의 차라는 것은 그다지 문제로 삼지 않았을 뿐 아니라 이 종족의 문화상의 차도 문제가 되지 않았습니다. 이종족이거나 또는 이문화를 가진 민족이거나 그들이 스스로 국가에 봉사하는 자에게는 역량재간에 응하여 적당한 지위를 주고 특히 우수한 자에게는 귀인의 대우를 주어서 그 뜻을 성취케 하여 왔으니 이것은 역사가 보여주는 바와 같습니다. 아국은 이인종이나 이문화를 가진 자를 배척한다든가 또는 멸시한다는 생각은 조금도 없습니다. 오히려 우수한 외국인 우수한 이종족을 보면 도리어 존경하는 품이 과도하다고 생각되는 편입니다. 그러므로 일본인과 동근동조라고 생각되는 조선인이 우선 황국신민의 일분자로서 국가를 위하여 진력하려고 하는 생각을 가지고 있는데 이것을 멸시한다든가 혹은 배척한다든가 하는 생각은 원래 없어야 할 것입니다.[11]

만약 당시 재조 일본인들 사이에 혈통내셔널리즘이 강하지 않았다면 이광수는 이 일본 교수를 이렇게까지 등장시켜 '내선일체'를 선전하지는 않았을 것이다. 되풀이하여 그를 불러낸 것을 보면 당시 재조일본인 사이에는 이 혈통내셔널리즘이 강했음을 알 수 있다.

일본인에 대한 요구는 비단 재조일본인에게 그치지 않고 일본에서 살고 있는 일본인들에게까지 미쳤다. 이 시기에 '내선일체'를 지지하는 일본인을 떠올렸을 때 가장 먼저 불러낸 인물은 그동안 여러 번 만나 친하게 지냈던 도쿠토미 소호[德富蘇峰]이다. 창씨개명 직후의 편지[12]에서 이광수는 도쿠토미 소호에게 조선인과 '내지인'이 하나가 될 수 있음을 역설하고 이에 대한 동의를 구하고 있다. 당시 일본 내에서는 단일민족론과 다민족론이 각축을 벌이고 있었는데 도쿠토미 소호가 다민족

11 『매일신보』, 1943.1.1.

12 김원모, 「춘원의 친일과 민족보존론」, 『한국민족독립운동사의 제문제』, 범우사, 1992.

론에 서 있었다는 지적[13]을 고려하면 당시 이광수가 그를 불러내고자 했던 이유를 알 수 있다.

오랜 친분이 있던 도쿠토미 소호뿐만 아니라 최근에 이르러 얼굴을 맞대게 된 고바야시 히데오에게도 자신의 입론을 동의해줄 것을 요청한다. 고바야시 히데오의 부탁으로 일본의 문학잡지 『문예계』에 발표된 「행자」는 이를 잘 보여주고 있다. 고바야시 히데오에게 보내는 편지 형식의 글에서 이광수는 대화숙에서 들은 경성제대 교수가 행한 감동적인 강연 내용을 전하는데 그중에서도 가장 감동을 받은 대목은 바로 혈통은 따지지 않는다는 대목이다. 당시 일본 내에서는 두 가지의 입장이 공존하였다. 하나는 조선인들을 포함한 식민지인들을 일본인으로 취급할 때 혈통적 구분은 해야 한다는 것이었고, 다른 하나는 혈통 같은 것은 따지지 말고 문화적으로 통합되면 일본인으로 받아들여야 한다는 것이었다. 전자의 경우 설령 법적으로 식민지인들이 일본의 국민이 된다 하더라도 그 내부에는 차별이 존재할 수밖에 없는 것이다. 일본 야마토 종족의 순수성을 지켜야 한다고 하는 데서 나온 이러한 생각은 당시 일본 내에서 널리 퍼져 있던 견해였다. 이럴 경우 아무리 '내선일체'를

---

13 오쿠마 에이지, 조현설 역, 『일본 단일민족신화의 기원』, 소명출판, 2003, 417쪽.

이야기한다 하더라도 조선인들은 이등국민을 벗어나기 어렵고 차별을 감내해야 하는 것이다. 이광수는 바로 이러한 생각을 불식시키는 것이 지식인으로서 선각자로서의 자기가 해야 할 의무라고 보았다. 대화숙에서 강연한 일본인 교수는 이러한 입장에 반대하면서 혈통은 따지지 말고 문화적으로 일본인이 되면 동등하게 대우해야 하고 차별을 없애야 한다는 쪽이었기 때문에 이를 고바야시 히데오에게 전하고 동의를 구하였다.

무한삼진 함락 직후 이광수는 '내선일체'에 모든 것을 걸면서 각종 글과 연설을 행했는데 초기에는 주로 혈통주의적 동화론에 기우는 듯하였다. 하지만 혈통주의적 동화론으로는 남들을 쉽게 설득시키기 어렵다는 것을 깨닫고는 변신을 하려고 하던 차에 '대동아공영론'이 대두하자 이를 적극적으로 활용하였다. 혈통주의적 동화론 대신에 문화주의적 동화론을 내세우게 된 것이다.

혈통주의를 대신할 수 있는 것이 바로 일본정신이다. 일본어라든가 일본 풍습 같은 것도 하나의 하위 변수일 뿐이고 중요한 것은 이 모든 것에 앞서 일본정신을 갖는 것이다. 그것을 가지면 일본인이 된다고 믿었다. 대동아의 어떤 민족도 일본정신을 소유하면 문제가 없어지는 것이다. 그 일본정신이란 바로 일본 천황의 자손으로 자신을 생각하는 것이고 이에 충성을 다하면서 섬기는 것이다. 혈통주의적 '내선일체'에 반대하면서 독자적인 '내선일체'를 주장하였던 이러한 이광수의 논리를 문화주의적 동화형의 친일 협력이라고 부를 수 있다.

3. 대동아문학자대회와 이광수

1942년 11월 제1회 대동아문학자대회에 참가한 이광수는 대회를 마친 후 동경, 교토 그리고 나라를 답사하였다. 이때의 기억을 바탕으로 쓴 여행기가 바로 일본에서 발간되던 잡지 『문학계』에 발표한 「삼경인상기」이다. 대동아문학자대회에서 했던 발언 못지않게 이 기행문은 매우 중요한 의미를 갖는다. 이 기행문에는 이광수가 이 대회에 참가하면서 가졌던 열망을 그대로 보여주기 때문이다. 그 요체는 바로 '내선일체'이다. 일본과 조선이 하나임을 고대사의 흔적이 남아 있는 교토와 나라에서 확인하는 것이다. 동경은 부차적이다. 천황이 있는 곳으로서의 의미는 있지만 고대사에서 이루어진 내선 간의 관계를 증명하는 데에는 동경보다는 교토와 나라가 오히려 적절하기 때문이다. 교토에 대한 인상을 기술한 후의 발언은 이광수가 대동아문학자대회에서 보려고 했던 것이 무엇인가를 아주 잘 말해준다.

> 나는 교토 인상기로 이 이상 더 많이 말할 수 없다. 다만 내가 역사 민족 특히 언어에 의해 일본과 조선 양 민족은 혈통에 있어서도 신앙에 있어서도 같은 조상 같은 뿌리이며 일본어도 조선어도 조금만 노력하면 공통시대의 어근에 이를 수 있다는 사실을 말함에 족하다.[14]

교토에서 그가 본 것은 바로 동질성으로서의 '내선일체'였다. 고대사에서 일본이 백제와 고구려와 함께 나누었던 것을 '내선일체'의 바탕으로 보려고 하였다. 이러한 노력은 비단 교토에 국한되지 않고 나라에서도 마찬가지이다. 오히려 나라에서는 호류지와 같은 절이 남아 있으므로 더욱 어렵지 않게 '내선일체'의 역사를 확인할 수 있다.

> 호류지에 닿은 것은 정오 무렵이었다. 그 위쪽은 일면 삼림으로 생각된다. 절 주변은 경작지여서 벼가 이삭을 드리우고 있고 남대문 바로 앞까지 인가가 세워져 있었다. 절 전체의 느낌은 가볍고 우아하고 밝아서 중국이나 조선의 사찰 건축에서 풍겨지는 엄숙함이 없다. 국보 일색의 호류지다. 나 같은 자가 이렇다 저렇다 말할

14 이광수, 「삼경인상기」, 김윤식 편, 『이광수의 일어 창작 및 산문선』, 역락, 2007.

데가 아니다. 오직 나는 한 조선인으로서 쇼토쿠 태자를 특히 삼가 그리워 사모한다고 말씀 올릴 이유가 있다. 그 까닭은 이러하다. 쇼토쿠 태자에게 법화경을 진상하고 강독한 것은 고구려 승려 혜자 대사이며 불상과 불각 등을 만드는 역할을 한 것은 백제 승려 혜총 대사이다. 혜총은 일명 자총이라고도 했다. 그리고 호류지의 그 유명한 벽화는 고구려의 담징이 그린 것으로 되어 있다. 쇼토쿠 태자의 부음이 고구려에 전해졌을 때 그 당시엔 고구려에 돌아와 있던 혜총 대사는 통곡하며 동해의 성인이 사라졌다 졸승도 내년 태자의 명일에 그 뒤를 따르리라고 하고 과연 그대로 입적했던 것이다. (…중략…) 현재 부여 신궁 조영지인 부여에서도 호류지와 규모가 비슷한 절의 흔적이 발굴되었다고 한다.[15]

호류지를 매개로 일본이 백제와 고구려 사이에서 행했던 문물교류를 '내선일체'의 관점에서 바라보고 있는 이광수의 이러한 태도는 교토 답사 후 행하였던 예의 발언과 일치하는 것이다.

대동아문학자대회에 참가한 이광수가 여전히 강조하고 싶었던 것은 동질성의 '내선일체'이다. 그가 친일 협력을 한 이후

15 위의 글.

줄곧 가졌던 '내선일체'의 지향은 태평양전쟁은 물론이고 그 이후의 역사적 전개에서도 거의 변하지 않고 있음을 확인할 수 있다. 하지만 이광수로서는 이러한 인식에 머물기에는 주변의 현실이 급격하게 바뀌고 있었다. 대동아공영론이 대두하자, 앞서 보았던 것처럼, 이광수는 혈통주의를 강하게 비판하면서 문화주의적 동화 협력을 주장하였다. 조선인과 '내지인'의 피가 중요한 것이 아니라 일본정신을 조선인이 어떻게 체득하는가 하는 것이 관건이라는 것이었다. 이러한 것은 대동아문학자대회에 참가하면서 더욱 증폭되었다. 중국인들도 일본정신을 배우게 되면 하나가 될 수 있다는 논리이다. 그럴 수 있는 것은 과거 중국의 좋은 정신을 이미 일본이 채용하여 이를 적극적으로 발전시켜 오늘에 이르고 있기 때문이라는 것이다. 중국은 이미 잊었거나 혹은 서양의 풍물에 사로잡혀 망각하였지만, 일본은 이를 이어받아 현재에서 실천하고 있으므로 일본의 정신을 배우게 되면 중국은 잊었던 과거의 자신을 새롭게 발견하게 된다고 할 수 있다. 이광수는 "동아적 모든 문화의 연원은 전부가 일본화되어 일본에 보존되어 있다"라는 논리를 기반으로 일본정신을 내세웠고 이를 동아를 통합할 수 있는 근거로 제시하였다.

이러한 논리는 비단 중국에만 국한되지 않는다. 석가의 인도에도 적용할 수 있다. 인도의 불교와 중국의 유교가 가진 인의(仁義)를 현재 일본이 보존하고 있다는 논리이다. 그러므로 현재 일본을 잘 이해하고 배우면 이것은 비단 일본만이 아니라 동양 즉 아시아를 품는 것이다. 이로써 이광수는 '내선일체'와 대동아를 함께 끌고 나갈 수 있었다. 대동아문학자대회에서 행한 이광수의 다음 연설은 이를 잘 보여준다.

> 대동아 정신은 진리 자체여야 하며, 국제연맹이 만들어낸 것과 같은 인위적이어서는 안 된다고 생각합니다. 우리는 이 대동아 정신을 이제 수립하는 것이 아니라, 발견하는 것이라고 생각합니다. 이 대동아 정신을 가장 알기 쉽게 말씀드리면 그 기조와 진수를 이루는 것은 자기를 버리는 정신이라고 생각합니다. 이를 유교에서는 인이라고 하고 불교에서는 자비라고도 말씀하고 있습니다. 일본에서는 청명심-인자라고도 말합니다. 자기를 버리는 이 정신이야말로 서양사상과 정반대의 사상으로 가장 적절한 예는 로마사상과 일본 사상의 차이에 있습니다. 로마 사상은 자기를 추구하는 사상이므로 권리 사상이 발달했지만, 일본정신에 권리 따위는 없습니다. 개인이라는 것이 없기 때문입니다. 이 정신은 일본만이 아니라 넓게 동아 여러 민족의 사상적 기조가 되어 있는 정신입니다. 하지만 수십 년 동안 구미 사상이 이입되어 다수의 동아인은 선조

로부터 전래된 이 귀중한 정신을 벗어 던지려고 열심히 노력을 계속해 왔습니다. 그리고 구미인의 이기주의 사상을 배웠던 것입니다. 구미인은 동아인에게 그 이기주의를 심어 어떤 이익을 얻었을까요. 그들은 동아 민족을 서로 반목하게 하고 분리시켜서 그 사이에서 감쪽같이 어부지리를 취했습니다. 이기주의는 단지 동아에서만 진리가 아닌 것이 아니라 인류가 사는 전세계 어디를 가더라도 진리가 아닙니다. 인간이 가야 할 진정한 길은 자기를 버리는 길이라고 믿습니다. 그렇다면 동아의 인의의 사상은 사라졌을까요. 그렇지 않습니다. 이 사상은 서양 사상의 풍미에도 불구하고 착실히 보존되어 실행되고 있었습니다. 그것은 일본입니다. 전세계에 자비를 설했던 성자는 석가이며 공자입니다. 하지만 이 자비를 정말로 행한 분은 천황 한 분을 제하고는 아무도 없다고 나는 믿습니다. 일본인은 천황께서 자비를 행하시는 이 일에 힘을 바쳐 익찬해 올리는 것이 원칙입니다. 그것이 일본인의 생활 목표라고 믿습니다. 그러므로 일본인에게는 개인주의는 없습니다. 개인의 인생 목표는 없습니다. 인생 목표를 가지고 계신 분은 오직 천황 한 분이실 뿐입니다. 일본인은 이렇게 믿기 때문에 자기를 완전히 멸하고 있습니다. 이는 석가의 공적(空寂)에 통하며 공자의 인(仁) 사상의 궁극적인 지점이라고 믿습니다. 자기의 모든 것을 천황께 바치는 것을 일본정신이라고 합니다. 또 천황께서 자비를 행하시는 것을 황도라고 합니다. 천황은 황도, 우리 신민은 신도입니다. 자기를 바치고 자기를 버리는 이 정신이야말로 인류의 도 중에서 가장 높고, 또 완전한 진리에 가까운 것이라고 생각합니다. 왜냐하면 우리의 목표, 일본인으로서 우리의 목표는 미영처럼 자기 나라의 강대를 꾀하는 것이 아니라 이 세계 인류를 완전히 구원하는 데에 있기 때문입니다. 이는 역사를 통해 유례가 없는 일입니다. 그리고 이 목적을 달성하는 것은 우리 개인이 아니라 천황이십니다. 우리는 이 천황을 익찬해 드리면서 죽은 것입니다. 저는 자신을 완전히 버리고 자기를 모두 바친다는 정신이야말로 대동아 정신의 기본이 되지 않으면 안 된다고 생각합니다. 이곳은 국제적인 회의장이므로 제 말씀에 어쩌면 국제적 예의에 어긋나는 점이 있을지도 모르겠습니다. 하지만 지금은 국제적 예의를 운운할 시기가 아니라고 생각합니다. 지금은 전쟁중입니다. (박수) 여기 모이신 분들은 문학자입니다. 양심에 사는 문학자가 구구하게 하찮은 것에 구애된다면 진정한 문학자라고는 할 수 없습니다. 마지막으로 한마디 더 첨가하겠습니다. 그것은 아무리 이 정신이 훌륭해도 이를 공중에 현현할 수는 없다는 것입니다. 자기를 완전히 버리는 이 훌륭한 정신을 현현하기 위해서는 국토와 민중이 필요합니다. 그 국토는 아시아이며 그 민중은 즉 십억의 여러 민족입니다. 어떻게 해서든 이 전쟁에서 이기지 않으면 안 됩니다. 그러므로 중화민국이

> 나 만주국에서 오신 분들, 또 여기 계시지 않은 아시아 여러 민족들도 우선 이 전쟁에서 이길 수 있도록 하나가 되시지 않으렵니까. 그리하여 이 아름다운 정신을 동아에 현현하고 극락처럼 아주 살기 좋은 아시아를 건설하지 않겠습니까. (박수)[16]

인도와 중국의 사상이 일본에 전해져 현재 잘 보존되어 있다는 논리로 대동아를 아우르려는 이광수의 생각은 이전의 그의 생각과는 많이 다르다. 대동아를 일본 제국의 영향권 하에 두려고 하는 일본의 생각에 거스르지 않으려고 했기에 자기의 생각을 수정하였다. 이 정신의 탄력성이야말로 이광수의 사유의 한 특징이기도 한 것이다. 하지만 이광수는 이 대동아를 한 묶음으로 하려고 한 나머지 천황의 황도를 강조하게 되는데 이는 중국이나 만주국 등지에서 온 사람들에게는 상당한 거부감을 줄 수 있다. 당시 대동아문학자대회를 조직한 이들 중에서는 이러한 차이를 충분히 인정하면서 느슨하게 대동아 문학자들을 묶으려고 하는 작가들이 있었는데 이들이 보기에는 이광수의 이러한 생각은 매우 위험하기조차 하였다.

이 시기의 이광수의 이러한 생각을 잘 드러내 보여준 소설

---

16 이광수, 「東亞精神のに樹立に就いて」, 『大東亞』, 1943.3. 번역은 『동포에 고함』(이경훈 역, 철학과현실사, 1997), 275~277쪽.

이 「대동아」이다. 이 작품에서 이광수는 카케이 박사의 입을 통하여 자기 생각을 펼치고 있다. 일본인 카케이 박사가 중국인 범우생을 어떤 논리로 설득시키고 있는가를 살펴보자.

우선 대동아문학자대회 이후 달라진 것은 '내선일체'의 동질성에서 벗어나 중국을 비롯한 아시아 전체가 공동의 운명체라는 인식이다. 그동안 이광수가 매달렸던 것은 줄곧 '내선일체'의 동질성이었다. 하지만 이것으로는 사태를 파악할 수 없다는 한계를 느끼면서 개발한 것이 바로 아시아의 공동운명체론이다. 다음 소설의 대목에서 카케이 박사가 하는 말은 거의 이광수의 것이나 다름없다.

> 범군. 자네 마음은 잘 아네. 그러나 내가 자네에게 하고 싶은 말은 일본인도 지나인도, 아니 아시아 모든 민족이 모두 동종, 형제라는 것, 공동운명체라고 할 수 있다는 말일세. 입술이 없으면 이가 시리다는 순치보차라는 말 이상의 관계라는 것을 알아야 해. 일본 없이는 지나가 존재하지 않는 것처럼, 아시아가 영미에게 점령당한다면 일본도 없는 거나 마찬가지야. 아시아 민족이 하나로 뭉치지 않고는 영미의 맹아에서 벗어나 밝은 아시아의 미래를 실현할 수는 없어. 장개석이 일본을 무찌르고 지나를 재건하겠다는 것은 착각이야. 정말 불행한 착각이지. 범군, 자네 조국과 일본은 사

> 이가 좋으면 일어나고 다투면 넘어지는 상관 관계에 있어. 이걸 공동운명체라고 하자. 운명공동체라는 말이 더 적절할지도 모르겠군. 자네 조국의 영토를 빼앗고 자네 조국을 넘어트리고 일본만 일어나려는 야심이 아니라는 것은 고노에 성명으로 분명해졌잖아. 자네는 고노에 성명을 알고 있겠지?[17]

그동안 주장하였던 '내선일체'의 동질성 하에서 일본정신을 닮아가야 한다고 주장했는데 어떻게 중국이 일본과 같아질 수 있겠는가? 이광수는 자신의 논리 내부에서 혼란을 느낄 수밖에 없었다. 그러므로 고대 일본과 중국을 하나로 묶을 수 있는 논리를 개발해야 한다. 물론 이것은 많은 희생을 얻은 후에 가능한 것이다. 그동안 '내선일체'의 동질성을 주장할 때 자주 써먹은 것이 바로 동조동근론이다. 이 동조동근론의 핵심은 고대에 일본과 조선은 하나였다가 조선이 중국화되면서 이질화되었다는 것이다. 그런데 일본의 식민지 이후 조선인들이 일본정신을 배우기 시작하면서 다시 원래대로 '내선일체'의 동질성을 회복할 수 있었다는 것이다. 그런데 고대에 일본과 중국이 하나였고 중국의 정신 즉 예를 일본이 물려받아 보존한다는 것

---

17 김재용·김미란 편역, 『식민주의와 협력』, 역락, 2003, 20~21쪽.

은 앞뒤가 잘 맞지 않는 것일 수 있다. 이광수는 이 대목에서 스스로 자기비판을 하지 않고 슬그머니 '대동아공영론'에 맞는 논리를 새롭게 구사한 것이다. 중국에서 버려진 것을 일본이 보존한다는 새로운 일본정신론을 바탕으로 일본과 중국의 운명공동체를 설파한다.

> 그렇네. 아시아는 예로 돌아가야 해. 아시아 사람들 모두 원래 예를 존중하는 민족이었으니까. 법을 무시한다는 말이 아냐. 법의 근본이 바로 예에 있다. 이것이 바로 아시아의 진짜 모습이야. 자네는 자네 나라의 주례(周禮)라는 것을 알고 있을 거야. 공자님도 예로써 예를 다하면 부끄러움을 두려워하지 않는다고 했네. 이는 차선을 말한 거야. 그 다음에 공자님은 예로써 이를 다스리고 이를 다스리는 것을 정으로 한다면 부끄러움이 있다고 했네. 즉 공자님은 정(政)과 형(刑)의 정치를 하(下)로 보고 예와 정의 정치를 이상으로 삼았지. 그러나 유감스럽게도 공자님의 이상은 자네 나라에서는 퍼지지 못해 상앙(商鞅)과 관중(管仲)의 정치를 이상으로 할 뿐이었네. 자네 아버님도 그렇게 말씀하셨지. 영미의 간계와 이욕이 이상이 되어 자네 같은 지식층 사이에 유행하였지. 예는 자네 조국에서는 존재하지 않아. 간계와 이욕뿐이네. 이것이 바로 영미 사상의 진수지. 영미는 간계와 이욕으로 손쉽게 자네 선배들을 낚

은 거야. 무슨 생선처럼 낚아 버린 것이지. 장개석 일파는 지금도 날카로운 낚시바늘에 꿰인 먹이를 무는 것이 바로 구원의 길이라고 생각하고 있어. 그러나 일본은 간계를 몰라. 이욕과는 거리가 멀어. 일본의 정치에는 민중을 속이는 간계라는 것이 없어. 정은 정, 부정은 부정이다. 국가는 거짓말을 하지 않아. 국민은 솔직하게 국가를 믿네. 바로 이것이 일본 국민이라서 국제관계에 있어서도 정직하지. 그래서 일본은 잘 속아. 잘 속지만 일본은 다른 나라를 속일 수가 없네. 이게 소위 일본인의 도의성이지. 그래서 영미는 일본을 속이기 쉽다고 생각하고 있네. 그러나 말일세. 일본인은 결코 부정을 용서하지 않아. 일본은 정의가 아니라고 생각하면 검을 빼들고 일어서지. 이욕에 눈이 멀어 나서는 영미와는 근본적으로 다르다는 말이지. 자네 나라는 일본의 이런 성격을 파악하지 못한 거야. 그래서 진짜 친구, 정직한 형제를 적으로 돌려 교활한 영미의 먹이에 걸려 지나사변이라는 사건을 일으킨 거야. 여우같은 적에게 홀려 형제를 배반하는 거야. 자네들은 예로 돌아가지 않으면 안 돼. 예의 눈을 통해 일본을 다시 바라봐야 하네. 그럼으로써 자네의 조국도 아시아도 구원을 받는 거야. 자네들은 일본의 예, 즉 일본의 도의성을 확인하고 일본을 솔직하게 받아들이면 되는 거야. 그리고 과거의 역사에 대한 오만함을 버리고 일본의 우월성과 지도력을 솔직하고 겸허하게 받아들여야 해. 자네 조국의 과거의 영광은 지금 자네들의 영광이 아니야. 그건 조상의 영광이네. 자네들은 지금부터 자네들 자신의 영광을 스스로 쌓아올리지 않으면 안 돼. 그건 결코 과거를 그리워하며 현실에서 눈을 돌리는 것이 아닐 거야. 이 모든 것은 결국 거짓이니까. 있는 대로의 현실을 직시하는 것이야말로 진짜 용기야. 바로 그게 예다. 알았나? 극기복례(克己復禮)라는 말이 있지. 아시아의 모든 민족은 극기복례의 자기 수련을 바로 시작하지 않으면 안 돼. 바로 여기에서 아시아의 운명공동체가 번성하는 거야. 일본이 절규하고 있는 대동아공영이라는 것이 바로 이 거야. 이욕 세계를 타파하고 예의 세계를 세우는 것이네. 일본은 진심이야. 피로써 대의를 실현할 각오로 있어. 영미가 여전히 동양 제패의 헛된 꿈을 버리지 않는 한, 일본은 반드시 영미를 타파하기 위해 일어날 거야."[18]

범우생은 카케이 박사가 말한 일본정신을 믿고 조국으로 돌아갔다가 일본이 영미와 싸울 뿐만 아니라 필리핀 등을 미국의 손에서 빼앗아 독립시켜주는 것을 보면서 다시 일본으로 돌아온다. 범우생이 카케이 박사와 하나 될 수 있었던 것은 일본정신이다. 범우생이 일본을 떠나기 직전에 카케이 박사와 나누는

---

18 위의 책, 23~24쪽.

다음 대목에서 나오는 일본정신을 무심코 넘길 수는 없을 것이다.

"선생님, 저 지나로 돌아가겠습니다."

라고 선언했다.

"뭘 위해 돌아간다는 거지?"

카케이 박사는 놀라지 않았다.

"뭘 위해서인지는 모르겠습니다. 그냥 이렇게 편하게 있을 수 없습니다. 조국이 부르는 소리가 귀에서 떠나지 않습니다. 그래서 돌아가려고 합니다."

범은 침통한 얼굴로 말했다.

"그렇지만 자네 아버님은 전쟁이 끝날 때까지 내게 자네를 맡겼네."

"선생님, 저는 일본정신을 배웠습니다. 일본정신에서 보면 아버지보다는 조국이 더 중요합니다. 그래서 돌아가려는 겁니다."

"돌아가서 어쩌려고? 병사가 되어 일본과 싸우겠다는 말인가?"

"그건 잘 모르겠습니다. 제가 유일하게 말씀드릴 수 있는 것은 선생님께 배운 것을 몸으로, 생명으로 실행하고 싶다는 것뿐입니다."

카케이 박사는 잠시 눈을 감고 범의 의중이 무엇인지 생각해 보았지만 그럴 필요가 없을 것 같아,

"그래. 그렇다면 말리지는 않겠네. 그러나 예만큼은 잊지 말게."

라고 부드럽게 말했다.[19]

대동아를 일본정신으로 묶으려고 하는 이광수의 열정이 이 작품에서 잘 드러난다. 과거에 중국을 배제하면서 '내선일체'를 주장하던 때와는 매우 다른 것이다. 어떻게 하면 중국을 동양의 틀에 묶어낼 것인가가 이 시기 이광수에게 가장 첨예한 문제였다. 이광수는 인도도 묶으려고 하였는데 이는 산문에서는 드러나지만, 소설에서는 드러나지 않았다.

4. 학병동원과 일본어 글쓰기의 강화

이광수는 학병 동원을 결전기의 시작이라고 보았다. 만약 일본 제국이 여유가 있다면 결코 대학생만큼은 군사 동원하지 않았을 것이다. 전후에 부흥해야 할 사회를 위해 대학생만큼은 징집을 유예하였다. 그런데 제국 일본이 이 학생들의 징집 유예를 정지하고 전장에 끌고 나가겠다고 선포한 것은 그만큼 일

19 위의 책, 22~23쪽.

본이 전쟁에서 심하게 패배하고 있다는 것을 반증하는 것이다. 당시 많은 비협력의 문학인들은 이 대학생의 징집 유예를 목격하면서 새로운 희망을 읽기 시작하였다. 이제 일본의 패망이 멀지 않았다는 것이다. 김사량이 징집 유예를 보면서 일본의 패배를 점치고 1944년 동아시아와 세계의 정세를 살피기 위하여 여름에 상해로 가서 한 달간 머물렀다. 이외에도 많은 문학가들이 일본의 패배를 예측할 수 있었다. 그런데 이광수처럼 협력을 자처하고 나선 이들은 이것을 큰 위기로 직감하고 필사적으로 전쟁 동원에 뛰어들었다. 일본 제국이 대학생들의 징집 유예를 결정한 다음날 발표한 시 「정지」는 그 출발이다.

停止

香山光郎

徵兵猶豫停止。大學文科系統停止。
젊은 사람은 하나라도 더 나서랑。
決戰期는 刻々으로 迫頭하엿다。
前線戰鬪員을 增加하여랑。
軍需生產員을 增加하여랑。
今日부터、이 時刻부터。
猶豫는 업다。
「一刻の遲延も許さず」
總理大臣은 昨夜、官民의게 絶叫하엿다。」

停止、停止、停止！
廢하는것은 아니다、停止다。
決戰이 끗나고 勝戰하기까지 停止다。
戰力增强에 關係업는 일은 모도 停止다。
邸宅成造、墳墓修飾、回甲、回婚、生辰、
戰勝祝賀의 큰날까지의 모든 祝賀、
새 衣服、裝身、酒宴、모도 停止다。
모든 個人的인것、私事的인것
不緊不急의것은 모도 停止다。
自進停止다。一齊停止다。即刻停止다。
그리하여서 남은 勞力 財力 心力을
모도 바쳐라 ── 決戰의 戰力에！

『靑年學徒よ祖國を守りに出でよ。』
醫、理工、農以外의 學徒야
工夫를停止하고 다 나서라。
銃을 든 兵으로、增產戰士로。
一億國民、男女老少는 다 나서라。
增產戰線에、防空戰線에。
猶豫는 업다、例外도 업다。
『一刻の遲延も許さず』
東條首相은 昨夜、一億國民에 命하엿다
（昭和十八年九月二十三日朝）

정지, 정지, 정지!

폐하는 것은 아니다. 정지다.

결전이 끝나고 승전하기까지 정지다.

전력 증강에 관계없는 일은 모무 정지다.

결전이 끝나고 승전하기까지 정지다.

저택조성, 분묘장식, 회갑, 회혼, 생신

전승축하의 그날까지의 모든 축하

새 의복, 장신, 주연, 모두 정지다.

모든 개인적인 것, 사적인 것,

불긴불급의 것은 모두 정지다.

자진정지다. 일제정지다. 즉각정지다.

그리하여서 남는 노력 재력 심력을

모두 바쳐라—결전의 전력에!

이광수는 그 이전보다 더욱더 활발하게 창작활동을 한다. 특히 이 시기에는 조선어로 창작할 뿐만 아니라 일본어로도 열심히 작품을 발표하였다. 일본에의 협력을 맹세한 '결의'를 한 직후에도 일본어 작품을 발표한 바 있다. 『心相觸れてこそ』(『綠旗』, 1940.3~7)는 중간에서 끝나버려 완결되지는 못하였지만 '내선일체'를 강조하려고 쓴 작품이다. 그 이후 일본어 창작을 하지

않던 이광수는 학병 동원이 시작된 결전기에 이르러 다시 일본어 창작을 하였고 줄곧 작품을 발표한다.

「加川校長」, 『國民文學』, 1943.10.

「蠅」, 『國民總力』, 1943.10.

「兵になれる」, 『新太陽』, 1943.11.

「大東亞」, 『綠旗』, 1943.12.

『四十年』, 『국민문학』, 1944.1~3.

「元述の出征」, 『新時代』, 1944.6.

「少女の告白」, 『新太陽』, 1944.10.

목록만 보아도 이 시기 이광수가 얼마나 일본어 창작에 매진하였는가를 알 수 있다. 결전기에 힘을 쏟은 것은 오로지 전쟁에의 독려였다. 지원병과 징병을 거쳐 이제 학도병으로 나가라고 권유하고 다닌 것이다. 이렇게 함으로써 전쟁에서 승리하는 데 일정한 기여를 할 수 있다고 생각했을 것이다. 물론 이 시기 이광수는 전쟁에의 승리가 단순히 전쟁에 군인으로 나가는 것만은 아니라고 생각하였다. 근로봉사와 같은 후방에서의 일도 전방 못지않게 중요하다고 생각하였다.

일본어 소설 「파리(蠅)」(『國民總力』, 1943.10)는 이러한 지향

을 잘 보여주는 작품이다. 나이가 들어 근로 봉사에도 나갈 수 없게 된 중년의 남자가 동네의 파리를 잡다가 앓아 눕는 이야기이다. 전쟁에 이기는 것은 비단 전장에 나가는 것만이 아니라 후방에서 생산을 증산하는 것이라는 점을 강조하는 것이다. 동네 파리를 잡았기 때문에 동네 사람들이 편안하게 근보봉사를 할 수 있게 되고, 이는 곧바로 전선에 있는 병사들을 돕는 것이라는 점이다. 이 시기에 쓴 소설들은 하나같이 전쟁을 독려하는 것들이다. 「원술의 출정[元述の出征]」(『新時代』, 1944.6) 역시 전쟁에서 죽는 것을 미화한 작품이다. 신라시대의 원술을 통하여 남자가 군대에 나가 죽는 것이 얼마나 당당한 것인가를 보여주려고 하였다.

이광수는 일본어 창작도 하였지만 조선어 창작도 하였다. 조선총독부는 1943년 무렵부터 언어정책을 변화시켰다. 그 이전에는 무조건 일본어로 창작하고 읽을 것을 주문하였지만 이 무렵부터는 지식인이 접하는 매체와 일반인이 대하는 매체 사이에 구분을 짓기 시작하였다. 지식인들이 접하는 매체에서는 계속하여 일본어로 창작할 것을 요구하였지만, 일반인들이 보는 매체에서는 조선어로 쓸 것을 주문하였다. 일본 제국의 국책을 선전해야 하는데 대부분의 일반 조선인들은 일본어를 모르기 때문에 쇠귀에 경 읽기였다. 대안으로 내세운 것이 바로 조선어로 창작하고 읽는 것이었다. 농민들이 보는 잡지였던 『반도지광』 잡지가 마지막까지 조선어로 된 것이라든가 「두 사람」이 발표된 『방송지우』 잡지가 조선어로 된 것이 그러하다. 처음에 조선 총독부는 경성방송국에서 조선어 방송을 금지하였다. 하지만 일본어를 모르는 일반인들에게 선전하기 위해서는 조선어 방송이 불가피하여 다시 재개하였다. 바로 이 방송에 나갈 원고이기에 이 잡지에 실리는 것들은 하나같이 조선어였던 것이다. 기본적으로는 일본어로 창작을 했지만 이렇게 일반인 조선인들을 향해서 말을 할 때는 조선어로 썼다. 조선어에 대한 애정이나 보존과는 아무런 관련이 없었던 것이다.

『방송지우』 1944년 8월에 발표한 조선어 작품 「두 사람」도 마찬가지이다. 홀로 둔 어머니의 자식이 징병 검사에서 당당하게 갑종을 맞고 기뻐하는 이 작품 역시 전쟁 독려이다. 또 다른 조선어 소설인 「반전」(『일본부인』, 1944.7) 역시 결전기의 작품이다. '갱생소설'이라고 부제가 붙어 있어 더욱 흥미롭다. 앞서 시 「정지」에서 강조한 것처럼 모든 허례허식을 정지해야 한다고 했는데 이 작품 역시 이를 강조한 것이다. 좋은 직장과 월급만을 기다리던 이들이 이제는 시국을 걱정하면서 절약하는 것이다.

일본이 전쟁에 패하고 조선이 독립을 하게 되자 이광수는

學兵보내는世紀의感激

入營旗

香山光郎

매우 난처한 상황에 처하게 되었다. 조선의 독립은 불가능하고 일본 제국이 아시아를 지도할 것이기에 조선인은 하루 빨리 피와 살이 일본인이 되는 길밖에 없다고 했던 자기의 예측이 빗나갔기 때문이다. 자기의 선택이 민족을 보존하는 것이며 민족을 위한 것이라고 변명을 늘어놓았지만 아무도 그의 이야기를 들으려고 하지 않았다. 반민특위에 걸려 고생을 하면서도 자신의 주장을 포기하지는 않았지만 현실적으로는 공허하였다. 냉전의 틈바구니에서 생존의 새로운 길을 모색했지만 그것조차 여의치 않고 한반도에서 사라지고 말았다.

2장

혈통주의적 동화형 친일 협력 : 장혁주

1. 무한삼진 함락과 혈통적 동질성으로서의 '내선일체'론

일본에서 프로문학 활동을 열심히 하였던 장혁주는 무한삼진이 함락되는 것을 보면서 프롤레타리아 국제주의를 포기하고 '내선일체'의 일본주의로 전향하였다. 이광수를 비롯한 친일 협력의 문인들과 마찬가지로 '내선일체'를 차별철폐로 이해하였다. 자신이 견지하였던 프롤레타리아 국제주의가 어렵게 된 마당에 가능한 것은 그동안의 조선과 일본의 프롤레타리아 사이의 친화력을 기반으로 '내선일체'를 지향하는 것이다. 장혁주는 내셔널리즘에 기반을 둔 적이 없고 항상 국제주의를 표방하였기 때문에 이 '내선일체'라는 것도 어렵지 않게 이룰 수 있다고 믿었던 것 같다. 조선의 내셔널리즘에 몸을 담았다면 이를 극복하고 '내선일체'로 나아가는 것이 어렵겠지만 자신은 그렇지 않기 때문에 이광수보다 오히려 더욱 쉽게 '내선일체'를 수행할 수 있다고 믿었다. 그러므로 장혁주는 자신이 몸담고 있는 일본을 근거지로 '내선일체'에 앞장서게 되었고 강한 자신감을 가졌다.

일본주의로 전환한 장혁주의 변모와 그 내면을 가장 잘 보여주는 글이 무한삼진 함락 직후에 쓴 「조선의 지식인에게 고함」이다. 이 글에서 장혁주는 내지화 즉 일본에의 동화를 아주 의미 있는 일이라고 생각한다.

이 내지화는 오늘날의 남(南) 조선 총독의 내선일체운동과 관련지어 생각하지 않으면 안 된다. 내선일체는 문자에 나타나 있듯이 내지인과 조선인을 완전히 하나로 하는 것을 의미하며 양자간에 어떤 차별을 두지 않는, 두어서는 안 되는 것이다. 이 내선일체는 전(前) 우가키(宇垣) 총독시대의 농촌자력 갱생운동에서 출발하고 있다. 그리고 양자 모두 조선주재의 내지인 사이에서 꽤 심한 반대운동을 야기시켰다. 이것은 말할 필요도 없이 조선에 있는 내지인이 그들의 자본가적 욕구에서 조선인을 식민지인에서 내지인으로 승격시키는 것이 스스로의 생활에 불이익이라고 하는 종래의 우월감과 약간의 공포감에서 나온 것임에 틀림없다. 이것으로 보아 우가키 이전에 내지의 정당정치가 세력을 가지고 있었던 시대부터 하면 대단히 양심적인 통치방법이라고 하지 않으면 안 된다. 즉 민정 정우(政友)의 실력이 정치를 움직인다고 하던 당시의 역대 총독은 내지 및 조선을 완전히 식민지로 취급하고 있었으나 그것이 군부 정치(이 말은 허락되리라 생각한다)가 되고 나서는 하나의 양심이 싹터 왔다. 즉 이상정치가 시작된 것이다. 이것은 뒤에 자세하게 논하기로 하고 나는 조선통치에 관한 한 정당정치의 부활을 두려워하여 군부정치의 진보성을 인정하는 데 주저하지 않는다. 이렇게 말한다고 해서 나를 파쇼라 부르지 않는 것이 좋다. 오히려 나는 남 총독을 향해 진정한 내선일체를 희구하고 있다. 열마나 큰 열의로 매진하고 있는지 어느 시기의 과도기적 수단으로서 이것을 이용하는 것이 아닐까 하는 등의 질문을 하려고 하는 것뿐으로 내선일체가 되어 있지 않은 모든 사실을 내걸고 총독에게 육박하고자 하는 것이다. 그리고 이런 종류의 운동은 당연히 일어나지 않으면 안 된다고 생각한다. 이것은 민간적 운동으로도 정치단체에서도 출현하지 않으면 안 된다고 생각한다. 이것이야말로 목전의 우리 민족이 빨리 취해야만 할 정치 수단이며 민족부흥 운동이다. 이 민족부흥이 종래의 민족주의의 그것과 다른 것은 물론이다. 부흥해서 행복하게 된다면 어느 쪽이라도 상관 없는 게 아닌가. 이것이 나의 정치적 감상이다.[1]

조선인들의 지위가 향상되어 '내지인'과 별반 차이가 없는 것으로 되기 위해서는 이 '내선일체'를 지속해서 행해야 한다는 것이다. 이 글 어디에도 무한삼진의 함락이 가진 다른 의미 즉 동아신질서의 수립과 같은 것은 나오지 않는다. 나중에 보게 되겠지만, 유진오 등 혼재형의 친일 협력 문인들이 무한삼진의 함락을 동아신질서의 측면에서 보는 것과는 매우 다르다는 것을 알 수 있다. 그에게 관심이 있는 것은 내선의 동질성이

1 장혁주, 「조선의 지식인에게 고함」, 『삼천리』. 원래 이 글은 일본의 잡지 『문예』에 실렸던 것을 삼천리 잡지가 다른 일본 작가들의 글과 함께 다시 실은 것이다.

다. 특히 자신이 이미 일본어로 일본 문단에서 글을 써오고 있으므로 이 점은 더욱 중요하게 여겨졌을 것이다. 같은 글에서 장혁주는 아시아의 국제어로서의 일본어에 대해 아주 긍정적으로 묘사하고 있다.

> 조선통치는 날마다 바뀌어 갈 뿐이다. 이미 학교령이 바뀌고 경찰령도 바뀌었다. 다음에 올 것은 의무교육과 징병령의 실시이다. 그래서 문인에게 직접 문제가 되는 것은 이 의무교육이다. 금년에 이것이 실행되면 30년 후에는 조선어의 세력이 오늘날의 반으로 감퇴된다. 또 30년 후에는? 아일랜드는 3백 년이 지나 영어로 바뀌게 되었다. 그래서 오늘날에는 어지간한 산간의 주민들 사이가 아니면 겔트어는 사라졌다 한다. 오늘날에는 3백 년간의 일이 백 년으로 충분하다, 여기에서 문인들은 점점 더 조선어에 매달리게 될 것이다. 그것을 나는 자랑스럽게 여길 것이다. 그렇지만 그와 동시에 내지어로 진출하는 것도 반드시 배격할 일은 아니라고 생각하면 어떨까. 일본어는 점점 더 동양의 국제어가 되어가고 있다. 쇼우나 예이츠가 겔트어로 썼다고 한다면 오늘날 세계적인 작가가 되었겠는가? 아일랜드와 조선의 오늘날과는 조금 사정이 다를 것이다. 그러나 30년 후에 경성에 내지어 문단이 생기지 않을 것이라고는 그 누구도 예언하지 못할 것이다.

장혁주는 이후 비슷한 견해를 밝히는데 특히 조선문학의 일본어 번역이 과도기적으로 필요함을 역설하고 있다.

> 김용제 외 수씨의 운동이 그것이다. 즉 『국민신보』, 『동양지광』 등으로서 조선 문사의 국어창작이 완연해진 것이다. 이것은 금년에 들어서서 된 일이나 국어창작과 동시에 조선고전의 국어번역, 그리고 지금까지 된 작품 조선작가의 작품의 국어이식도 될 것이다. 금일에는 조선어의 문학도 성하여졌으며 그와 동시에 국어의 문학도 발전되어 있으나 이것은 금후 더욱 촉진되어 조선문학은 장래 조선어로 되는 것과 국어로 되는 것 그리고 전자는 향토적 문학으로서 후자는 국민문학 혹은 국제문학으로서 성대히 될 것이다. 여하간에 조선문학은 이로부터 대성기로 들어가고 동시에 새 문화가 발생할 것이다.[2]

매일신보사는 일본어로 된 주간 문학잡지인 『국민신보』를 발행하였다. 이효석, 한설야 등의 작가들도 일본어로 장편을 연재하기도 하였는데 장혁주 역시 장편을 연재한 바 있는 잡지이다. 모든 것이 일본어로 되어 있는 이 잡지는 무한삼진 함락

2 장혁주, 「조선문학의 신동향」, 『삼천리』, 1940.3.

이후 조선문학이 점차 조선어에서 일본어 창작으로 바뀌는 과정을 보여주는 증거였다. 김용제가 깊이 관여하였던 월간 종합지 『동양지광』 역시 일본어로만 된 잡지이다. 여기에도 많은 작가가 일본어로 작품을 발표한 바 있다. 아마도 장혁주는 이러한 잡지들을 보면서 조선문학이 이전과는 다르게 새롭게 나아가고 있다고 진단한 것으로 보인다. 제목처럼 조선문학의 새로운 동향인 것이다. 장혁주는 아마도 2~30년 지나면 조선어 창작은 거의 사라지거나 존재한다 하더라도 향토어문학으로 전락할 것이고, 일본어 창작은 조선문학 전체를 지배할 것이며 이를 통하여 조선문학은 일본의 국민문학으로 될 것이라고 예견하는 것이다. 나아가 일본어로 된 조선문학은, 일본어가 아시아의 국제어가 될 것이기 때문에, 반도 차원이 아니라 아시아인들을 독자로 하는 새로운 차원을 열 것으로 보았다. 그동안 지속해서 일본어로 창작한 자신이야말로 이러한 일을 선도한 사람이라는 자부심이 밑바탕에 강하게 깔려 있다.

이러한 견해를 가졌던 장혁주로서는 자신이 일본어로 창작을 하는 것이 가장 우선이지만 과도기적으로 조선문학을 일본어로 번역하여 일본에서 출판하는 것도 외면할 수 없었다. 그동안 조선문학은 일부분을 제외하고는 모두 조선어로 쓰였기 때문에 일본 '내지인'들이 조선문학을 읽을 수 없었다. 따라서 조선인 작가들이 당장 일본어로 글을 쓸 수 없는 상황에서는 조선어로 된 조선문학을 일본어로 번역하여 출판하는 것이 매우 긴요하다고 판단하여 평소 자신과 친분이 있던 일본인 작가와 조선의 유진오를 끌어들여 『조선문학선집』을 발간하는 사업을 하였다.

1940년에 3권으로 발간된 이 책에 수록된 작가와 작품을 일별하는 것은 이 시기 장혁주의 태도를 어느 정도 확인하는 데 도움을 준다.

1권

이태준	까마귀
유진오	김강사와 T교수
이효석	메밀꽃 필 무렵
강경애	장산곶
유진오	가을
이광수	무명

2권

최정희	지맥
박태원	거리

김남천	누이의 사건
김동인	발가락이 닮았네
한설야	모색

3권

안회남	겸허
염상섭	자살미수
이석훈	바람
김사량	무궁일가
최명익	심문

흥미로운 것은 편자로 참가하고 있는 조선인 작가 즉 장혁주와 유진오의 입장이 일정한 긴장을 유지하고 있다는 점이다. 장혁주가 무한삼진 이후의 조선의 현실을 조선인의 내지화 즉 동화의 측면에서 보고 있는 반면, 유진오는 당대의 현실을 조선인의 내지화보다는 조선적인 것과 내지적인 것의 공존 즉 혼재의 측면에서 보고 있었다. 그렇기 때문에 이 두 입장이 어느 정도 절충되어 이러한 목차가 탄생한 것이다. 과거 자신이 했던 프롤레타리아 국제주의가 불가능한 마당에 일본어를 통한 조선문학의 건설이란 과제를 장기적으로 수행하는 과정으로

서 ‘내선일체’를 보려고 했던 것임을 알 수 있다. 그러므로 이 책에는 조선문학의 다양한 면모가 들어와 있음을 알 수 있다. ‘내선일체’를 표방하는 작품보다는 내셔널리즘의 경향이 없는 범위 내에서 조선문학의 전반적 역량을 보여주려고 한 것임을 알 수 있다. 일본과 조선의 프롤레타리아 연대를 다룬 강경애의 작품 「장산곶」이 있는가 하면, 재일조선인들의 삶을 다룬 김사량의 「무궁일가」도 수록될 수 있었던 것이다. 이 책의 편집에 참여한 일본 작가들의 면모를 보더라도 이렇게 보는 것이 타당할 것이다. 그런 점에서 장혁주가 바라보는 ‘내지화’는 이 무렵 이광수가 역설하였던 ‘내지화’보다 덜 급진적임을 알 수 있다.

‘내지화’라는 관점에서 ‘내선일체’를 바라보고 있는 이 시기 장혁주의 태도를 엿봄에 있어 빠뜨릴 수 없는 것이 만주 여행이다. 1939년 2월에 일본에서는 대륙개척문예간화회가 발족하는데 장혁주는 여기에 참여하였다. 그해 4월 대륙개척문예간화회의 회원 자격으로 만몽개척청소년의용군훈련소를 방문한다. 이 훈련소는 만주국에 들어가 개척하려고 하는 청년들을 미리 일본에서 단련시키는 곳이다. 그 해 6월 대륙개척문예간화회의 회원으로 처음으로 만주국을 방문한다. 3개월에 걸친 이 여행을 마친 후에 『국민신보』에 장문의 여행기를 발표한다.

1939년의 첫 방문을 마치고 난 다음 조선에서 발간되던 『국민신보』에 투고한 방문기 「만주잡감」을 보면 당시 장혁주의 인식을 엿볼 수 있다. 이 글은 일본 식민주의에 대한 장혁주의 확고한 지지에 기반을 두고 있다. 그가 오랫동안 주장해오던 프롤레타리아 국제주의라는 것은 이제 실현 불가능한 것이기 때문에 '내선일체'를 통한 조선인의 차별 극복이야말로 가장 현실적인 방도라고 생각하고 있다. 과거에 얽매여 앞을 제대로 보지 못하는 강경애에 대하여 오히려 측은한 느낌을 가질 정도로 장혁주는 변하였다. 용정에 서 있는 가토 기요마사의 비석을 보면서 느끼는 감회를 비롯하여 만주인들에 대한 멸시 그리고 반만주국 항일운동을 하는 사람들에 대한 비아냥 등은 이 시기에 장혁주는 일본의 식민주의 정책에 깊숙이 포섭되어 있음을 말해준다.[3]

장혁주가 만주 여행에서 '내선일체'의 가능성을 확인한 것은 조선인과 일본인이 함께 살아가는 모습이다. 조선에 사는

3 당시 장혁주의 이러한 태도에 대한 현경준의 비판(「문학풍토기-간도편」, 『인문평론』, 1940.6)은 당시의 정황을 더욱 잘 말해주고 있다. "장씨는 조선 사람이다. 조선 사람이라면 만주에 온 이상 더구나 그 목적이 만주의 조선인 생활의 실지 답사로 거기에서 산 문학을 창조하려고 한다면 좀더 조선인의 생활을 엿보며 또한 생활해보아야 할 것이 아닌가? 내지인 고등 학숙방 어느 구석에 조선인의 생활이 있었으며 눈물이나 비애가 있었는가? 이 기회에 나는 장씨에게 감히 당시의 불만을 호소하며 앞으로의 씨의 창작태도에 일조가 되면 만행으로 생각하고 경고를 발하는 것이다."

일본인들은 자신들의 기득권 유지를 위해 조선인의 '내지화'를 반대하는 측면도 존재하였다. 하지만 일본에서 바로 만주로 건너간 경우에는 이것이 덜할 수 있기 때문에 이것에 주목하였다. 도시와는 멀리 떨어진 농촌에서 땅을 일구면서 생활을 해야 했던 일본인들은 재조일본인들처럼 조선인을 대할 수가 없었다. 그렇기 때문에 일본이나 조선보다 만주 지역이 '내선일체'에 더 적합할 수 있다고 장혁주는 보았기에 만주에 각별한 관심을 두었던 것으로 보인다.

무한삼진 함락 직후에 장혁주는 '내지화'를 통한 '내선일체'를 주장하였지만 실제적으로 자신이 몸담았던 프롤레타리아 국제주의의 영향으로 쉽게 전환하지는 못하였다. '내선일체'를 조선인이 일본인으로 동화하는 것으로 생각하였지만 그 과정을 매우 장기적으로 보았던 것이기 때문이다. 그런 점에서 같은 동화형의 친일 협력을 하였던 이광수와는 다른 면모를 보여주고 있다. 하지만 장혁주는 자신이 일본어로 글을 쓰고 있다는 점과 일본의 프롤레타리아 운동가들과 함께 나누었던 경험 등을 특화시켜서 조선인의 '내지화'를 혈통적 동질성으로 이해하려는 경향을 보여 주었다.

2. '대동아공영론' 담론하의 혈통주의적 동화형의 지속

혈통적 동질성으로서의 '내선일체'를 이해하는 장혁주의 태도는 초기에는 그 징후를 보여주기는 하지만 결코 강한 것은 아니었다. 그가 혈통주의적 동화를 역설한 것은 역시 일본 제국의 '대동아공영론'이 확산되는 과정에서였다. 처음 '내선일체'가 핵심 화두가 될 무렵에는 설령 동아신질서와 같은 것이 이야기된다 하더라도 무시할 수 있었다. 하지만 남방의 침략과 더불어 '대동아공영론'이 나오고, 나아가 태평양전쟁으로 확산되면서 자신의 태도를 분명히 할 필요성을 느꼈던 것으로 보인다. 마치 이광수가 초기의 막연한 '내선일체론'을 주장하다가 시간이 흐르면서 문화의 동질성에 기초한 '내선일체'를 내세우고 혈통주의를 강하게 비판한 것과 마찬가지라고 할 수 있다. 하지만 장혁주는 이광수와는 다른 길을 걸었다. 장혁주는 혈통적 동질성에 기반한 '내선일체'를 자신의 신념으로 정하면서 일본정신만을 강조하는 문화주의적 동화형과 자신을 구분하기 시작하였다.

장혁주는 '대동아공영론'을 비롯한 다양한 아시아론을 자신이 견지한 독특한 신념 즉 혈통적 동질성에 기초한 '내선일체론' 차원에서 해석한다. 대동아 혹은 아시아주의란 것은 일본 제국이 표방하는 것이기에 부정하기는 어렵다. 내선 간의 혈통적 동질성에 집착하고 있는 장혁주로서는 자신의 이러한 이론과 대동아를 적절하게 연결할 필요가 있었다. 즉 대동아 혹은 아시아에서 '내지인'과 조선인이 일본인으로서 지도적 위치에 서게 되고 이를 기반으로 다른 민족들을 지도하는 것으로 '대동아공영론'을 해석하였다. 그렇게 될 경우 조선인과 '내지인' 사이의 혈통적 동질성에 기초한 '내선일체'도 지키면서 동시에 '대동아공영론'의 전망도 구현할 수 있다. 중국인과 같은 다른 아시아인은 '내선일체'의 하위 단계에 배치하면 된다고 생각하였다. 장혁주는 혈통주의를 믿었기 때문에 중국인이 일본인이 될 수 없다고 보았다. 앞서 보았던 것처럼 이광수는 이 문제를 타결하기 위하여 혈통주의적 '내선일체'의 동화에서 벗어나 문화주의적 '내선일체'의 동화를 말하였다. 혈통주의에 입각해 있는 한 중국인은 결코 일본인이 될 수 없기 때문이다. 하지만 문화주의적 입장에 서게 되면 중국인도 일본의 정신을 따르면 일본인이 될 수 있다. 혈통적 동질성을 강조한 장혁주는 이러한 이광수의 방식을 비판하면서 자신의 입론을 끝까지 밀고 나갔다. 이 점을 아주 잘 보여주는 것이 만주국을 다룬 장혁주의 소설 작품이다.

장혁주의 만주 소설들은 만주국을 배경으로 하고 있음에도 불구하고 오족협화가 아닌 '내선일체'의 이념을 그 기본으로 하고 있다. 오족협화와 '내선일체' 모두 일본 제국주의의 지배 이데올로기이지만 조선에서는 '내선일체'를, 만주국에서는 오족협화를 내세웠다. 그런데 이것이 재만 조선인에게는 심각한 갈등으로 다가왔다. 만주국 내에 사는 조선인들은 한편으로는 만주국의 국민으로서 오족의 하나임이 틀림없지만 1910년 일제강점 이후 법적으로 일본 국민이기 때문에 일본 국민이기도 한 것이다. 따라서 재만조선인은 '내선일체'의 대상이기도 하고 오족협화의 대상이기도 한 것이다. 만주국과 관동군은 재만 조선인을 오족협화의 하나로 보려고 하였기에 당연히 만주국 국민으로 간주하였다. 이에 반해 조선 총독부는 '내선일체'를 강조하면서 재만조선인을 일본국민으로 간주하였다. 1936년 미나미 총독이 '내선일체'를 강조하기 시작하면서 이러한 갈등은 더욱 커지게 되었다. 그 이전에만 해도 재만 조선인들이 일본국민이기는 하지만 조선 조선총독부 스스로 일시동인 정도로 보았지 '내선일체'까지는 나아가지 않았기에 그렇게 큰 문제는 없었다. 하지만 조선총독부가 전쟁 동원을 위하여 '내선일체'를 강조하면서부터 갈등이 부각되었다. 특히 1937년 만주국에서 치외법권이 철폐되면서 이러한 갈등은 한층 심화하여 갔다.

'만주국 국민'과 '일본제국신민' 사이의 충돌은 크게 세 가지 사항에서 표면화되었다. 첫째는 재만조선인 교육행정권 이관 문제였다. 둘째는 재만조선인 국적 문제였다. 셋째는 재만조선인의 징병 문제였다. 이 세 가지 문제는 '내선일체'에 입각한 '일본제국신민'과 오족협화에 입각한 '만주국 국민'이라는 두 가지 정체성을 둘러싸고 벌어진 길항의 대표적인 사례였다. 여기서는 당시 재만조선인에게 가장 큰 관심거리였을 뿐만 아니라 장혁주 자신에게도 큰 관심거리가 되었던 재만 조선인 교육행정권 이관 문제를 중심으로 살펴보자.

만주국의 치외법권이 철폐된 이후에도 일본인 교육은 일본측에서 담당하게 되지만, 재만조선인의 교육은 만주국에서 관장한다는 사실이 알려지면서 재만조선인들은 혼란을 겪었다. 관동군은 치외법권이 철폐되었기 때문에 조선인에 대한 교육행정은 만주국에서 담당해야 한다고 주장했지만, 조선총독부에서는 재만일본인의 교육은 일본측에서 담당해야 한다고 주장하였다. 재만조선인의 교육만 만주국이 담당한다면 조선 내에서 널리 선전되는 "내선일체"의 허구성이 드러날 것이며 이는 조선 통치에 장해물이 될 것이라고 판단하여 재만 조선인 교육 행정을 만주국으로 이관하는 것을 반대하였다.

조선총독부와 관동군 사이의 대립은 결국 조선총독부의 자금 문제로 인하여 만철 연선 주요지를 제외한 재만 조선인 교육 행정권을 만주국에 넘기기로 합의하였다. 이러한 결정이 나면서 간도성에 살고 있던 대부분의 조선인에 대한 교육 행정권은 조선총독부에서 만주국으로 이관되었다.

> 회덕의 교장은 본촌이라는 반도 출신이었습니다. 그런데 제가 이 교육 문제에 대하여 느낀 것은 개척지의 학교는 만주국의 경영으로 되어 있다는 사실이었습니다. 그러니까 근본적으로 반도인으로서 '내선일체'의 정신 하에서 교육 방침을 세워야 하겠는데 학교 자체가 만주국의 경영이니까 이 교육 정신의 통일 문제가 대단히 곤란한 문제였습니다.[4]

장혁주가 문제 삼고 있는 것이 바로 재만 조선인 교육행정이 만주국으로 넘어간 후 '내선일체'와 오족협화 사이의 갈등으로 인해 '내선일체'의 정신이 제대로 관철되지 않고 있는 것에 대한 것이다. 1942년이면 치외법권 철폐 이후 재만조선인의 교육행정권이 만주국에 이관된 후 상당한 시간이 지났던 시점임을 고려하면 장혁주의 이러한 불만은 당시 '내선일체'의

4 『매일신보』, 1942.6.27.

틀 속에서 만주를 보려고 하는 사람들이 공통으로 가진 것이 틀림없다. 이로써 장혁주는 '내선일체'의 시각에서 만주국을 보고 있다는 것이 확인된다. 이러한 것은 만주국의 조선인과 일본인을 다룬 장혁주의 장편소설 『개간』에 이르면 더욱 분명해진다.

『개간』은 만보산 사건을 중심으로 만주국 건국 이전과 만주국 건국 이후를 대조하여 다루었다. 가장 중점적인 시선은 만주국 이전이 암울하고 어두운 세상이었다면, 만주국 이후는 밝고 좋은 세상이라는 것이다. 만주국 건국 이전에는 이주한 조선인들이 온갖 어려움을 겪으면서 땅을 얻기 위해 살아갔던 반면, 만주국 이후에는 자작농창정운동의 결과로 자기의 땅에서 농사를 지으면서 행복하게 살아간다는 것이다. 이를 부각하기 위하여 만보산 사건을 중심으로 조선인들이 자기 땅을 갖기 위해 투쟁하던 모습을 집중적으로 다루고 있다. 이 작품에서 만주국 건국 이후에 자기의 땅을 갖고 살아가는 조선인의 모습은 양적으로 얼마 되지 않지만, 건국 이전에 힘들게 살아가는 조선인의 모습이 대부분을 차지하는 것도 바로 이러한 이유 때문이다. 이러한 시각은 결국 만주국 건국의 정당성을 해명하는 것으로 이어진다.

만주국 건국은 당시 국제사회로부터 손가락질을 받을 정도로 일본의 대중국 침략의 서곡으로 인식되었다. 내세운 명분은 장학량 정부의 억압 하에서 신음하는 만주인들을 구한다는 것이었지만, 실제로는 일본의 침략 기도에 각 세웠던 장학량 정권을 붕괴시키는 것이었다. 그러므로 만주사변 이후 미국 등의 나라들은 국제연맹의 이름으로 릿튼 조사단을 파견하였고 이에 반발한 일본은 국제연맹을 탈퇴하였다. 장혁주는 만주국 건국은 일본 제국의 확대가 아니라 만주 민중을 구하는 것이라는 것을 강조하기 위하여 이 소설을 썼다. 건국 이전은 야만으로, 건국 이후는 문명으로 대립시키면서 만주국 건국의 정당성과 이 과정에서 일본이 행한 역할을 부각하는 것이다. 그러므로 장학량 정권을 무능하고 부패한 것으로 그렸다.

건국 이후의 밝아진 세상을 부각하기 위하여 건국 이전 장학량 치하 시절의 어두운 면을 강조하는데 특히 이주 조선 농민들이 겪는 수난을 중심에 세우고 있다. 조선인들이 겪는 어려움 중에서 가장 중요하게 주목받는 것은 장학량 부대와 비적들 사이에서 시달리는 조선인의 형상이다. 조선인들을 괴롭히는 두 억압의 주체 중의 하나로 등장하는 장학량 부대에 대해서 먼저 검토하여 보자. 장학량은 반일과 더불어 반공산주의를 표방하였기 때문에 이른바 공비들이 숨어있는 조선인 이주민 마을을 습격하여 불태우는 일을 하였다. 그러므로 조선인 이주민들이 힘들게 살았고 때로는 공들인 마을을 떠나 다른 곳으로 솥을 들고 나서기도 하였다. 하지만 장학량 시절 조선인 이주민들을 가장 힘들게 했던 것은 일본제국이 조선인들을 핑계로 진주하는 것을 가장 싫어했기 때문에 조선인 이주민들이 땅을 사거나 땅을 소작하는 것을 금지했던 일이다. 장학량은 그의 아버지 장작림과 달리 국민당의 일원이었다. 청천백일기를 곳곳에 걸어두면서 국민당임을 당당하게 선포하고 반일을 하였다. 당시 조선인 이주 농민들이 사는 지역의 중국인 현장직을 이전의 장작림 시절과 달리 학식을 갖춘 이들이 차지하면서 조선인들은 점점 의지할 곳이 없어졌다. 장학량과 그의 수하에 있던 현장이나 부대들이 조선인들을 괴롭혔던 것은 일본의 대중국 침략 때문이었다. 만약 일본이 대중국 침략의 의도를 내보이지 않았더라면 장학량과 그의 부하들은 이렇게 조선인들을 괴롭히지 않았을 것에 틀림없다. 장혁주는 당시 일본의 이러한 침략 의도의 의미를 완전히 삭제해버리고 오로지 중국인들이 조선인을 일방적으로 괴롭히는 것으로 그리고 있는데 이는 그가 얼마나 일제의 정책에 서 있었는가를 웅변적으로 보여주는 대목이라 할 수 있다.

이 점은 당시 이와 비슷한 상황을 그리면서도 다르게 보고 있는 안수길의 「벼」와 비교하면 금방 알 수 있다. 이 작품은 전반부와 후반부로 엄격하게 구분되어 있는데, 전반부는 장작림 시절이고, 후반부는 장학량 시절이다. 안수길이 이렇게 구분한 데는 장작림 시절과 장학량 시절의 대일본 정책이 확연하게 달라졌기 때문이다. 장작림 시절에는 반일이 없었기 때문에 만주 농민들이 조선인 이주 농민들을 적대시하는 것은 있었지만, 만주정부 자체가 조선인들을 적대시하지는 않았다. 오히려 조선인 농민들을 끌어들여 개간하려고 노력할 정도였다. 산동인이었던 방치원이 현장의 도움을 받아 조선인들을 보호하고 도울 수 있었던 것도 이런 정황 때문이었다. 하지만 장학량 정권이 국민당의 일원으로 등장하여 반일의 기치를 내세우면서 상황은 달라졌다. 돈으로 현장을 샀던 지난 시절과 달리 실력 있는 현장들이 부임하고 이들은 정부의 반일 정책을 강하게 실행하였다. 조선인들을 이해하면서 도왔던 중국인 지주 방치원도 별다른 수가 없어 조선인을 축출하는 데 동참한다. 소현장이 조선인들을 축출하려고 하였던 것은 바로 조선인들 자체가 아니라 그 뒤에 있는 일본인 때문이었다.

> 소현장은 곧 부하를 불러 매봉둔의 조선 사람들의 일을 조사하라 하였다. 그 보고로 매봉둔에 오십여 호 그 부근에 십 호 내지 이십 호씩 작은 부락들을 합하여 이백여 호가 산다는 것을 알고 깜짝

놀랐다. 그리고 그들은 학교까지 짓고 있으며 학교 짓는 재료가 나까모도한테서 나간다는 것을 알고 큰일이 나는 것 같이 서둘렀다. 그의 지론으로 한다면 조선 사람이 많이 모여 사는 곳에는 그 사람들을 보호하기 위하여 링스관(영사관)이 들어온다는 것이었다. 다른 곳에서는 조선 사람을 민국에 입적시키고 중국 옷 입기를 강조하여 자기 나라 백성으로 취급해버리나 소현장의 지론은 그런 미지근한 방법이 틀렸다는 것이었다. 중국복을 입으나 국적에 드나 조선놈은 어디까지든지 조선놈이고 조선놈인 이상 일본 신민으로서 보호할 의무가 있다. 주장함은 당연한 일로서 여기에 비로소 영사관 설치가 문제되며 영사관이 설치된다는 것은 곧 일본의 정치세력이 이 나라에 인을 친 것을 의미하는 것이라는 것이었다. 그리고 조선 사람은 천성이 간사하여 이익을 위하여 필요한 편에 잘 들러붙으나 그것이 불리하면 배은망덕하고 은혜 베푼 사람에게 침뱉기가 일쑤라는 것이었다. 그러므로 그 문제의 백성인 조선 사람을 전연 입국시키지 않는 것이 마땅한 일이나 이미 들어와 있는 사람들은 처음에는 온순한 수단으로 그것을 듣지 않으면 문제가 생기지 않을 정도의 강제수단을 써서 몰아내어 화근을 빼어내는 것이 상책이라는 것이었다.[5]

5 안수길, 『북원』, 예문당, 1944, 274~275쪽.

중국인 현장이 장학량의 육군을 시켜 조선인 마을의 신축 교사를 불태우는 것이 조선인 탓이 아니라 일본인 때문이라는 것을 아주 분명하게 보여주고 있다. 이 점은 장혁주가 장학량의 병사들이 조선인을 일방적으로 괴롭히는 것으로 설정한 것과 퍽 대조된다.

『개간』에서 조선인 이주 농민을 괴롭히는 또 하나의 억압 주체로 드는 것이 바로 공비이다. 토비들은 뇌물 등을 주면 일이 해결되기도 하지만, 공비들은 신념의 인물들이기 때문에 돈 등으로 해결되지 않아 오히려 많은 조선인 이주민들의 목숨을 앗아간 것으로 그리고 있다. 조선인 이주민들은 자신이 개간한 땅을 버리고 다른 곳으로 떠나거나 혹은 땅을 지키다가 목숨을 잃는 것으로 그리고 있다. 하지만 이 점도 사리에 맞지 않는다. 당시 장학량 정권은 반일과 더불어 반공산주의를 내걸었기 때문에 공산주의자일 경우 조선인 중국인 가릴 것 없이 소탕하였다. 그러므로 조선인 공산주의자들은 자신들을 중국 정부에 밀고한 조선인 이주 농민들을 잡아가거나 혹은 죽이는 경우가 있지만, 기본적으로는 조선인 이주민들을 보호하였다. 이들이 없으면 자신들이 설 땅이 없으므로 각별하게 보호하려고 하였다. 그런데 이런 것들을 고려함이 없이 마치 조선인 공산주의자들이 조선인 이주 농민을 일방적으로 죽이거나 괴롭히는 것으로 그리는 것은 장학량의 반일정책을 은폐하기 위한 것에 지나지 않는 것이다.

이 점 역시 동시대의 작품인 강경애의 「소금」과 비교하면 금방 어렵지 않게 확인할 수 있다. 강경애는 공산주의자들이 지배층과의 싸움에서 적들을 도와주는 조선인 이주민들을 죽이는 경우를 취급하지만 궁극적으로 조선인 이주 농민들의 처지를 이해하고 그들의 편에 서는 것은 어디까지나 공산주의자들이라는 것을 아주 강하게 말하고 있다. 여주인공은 자신의 남편을 죽인 이들이 공산주의자들이기 때문에 그들을 미워하지만 결국은 그렇게 된 것은 남편이 공산주의자들 반대편에 서서 적극적으로 활동했기 때문에 교전 과정에서 죽은 것에 불과하고, 실제로는 이들 공산주의자가 자신들과 같이 허덕이는 이주 농민들의 편이라는 것을 깨닫게 된다. 물론 이 작품은 만주국 이후이기 때문에 장학량 정권 시절과는 일정한 차이가 난다. 하지만 기본적인 구조는 마찬가지라고 할 수 있다. 장혁주가 조선인 이주 농민을 괴롭히는 주체로서 비적을 설정하고 특히 공산주의자들이 이들을 죽이는 것으로 일방적으로 그리고 있는 것은 일본 제국을 은폐하기 위한 것이라고 할 수 있다. 일본 제국의 위협과 침략에 맞선 장학량 정부의 저항을 은폐하기 위하여 비적을 끌어들여 강조한 것이다.

장혁주가 장학량 정부 치하의 어두운 면을 강조하는 것은 결국 일본이 만주사변에서 승리하여 만주국을 건국하는 것의 정당성을 옹호하기 위한 것이다. 이 과정에서 흥미로운 것은 그의 '내선일체'관이다. 만보산에서 조선 농민들이 막 개간하기 시작했을 때 중국인 농민과 장학량 부대원들의 위협으로부터 그들을 구해준 것은 바로 일본 영사와 영사 경찰이었다. 영사는 중국 정부와 협의하기가 쉽지 않다는 것을 알게 되면서 영사 경찰을 파견하여 이주 농민들을 구해주는 것이다. 이 과정에서 조선인 농민들은 일본인으로서의 자신의 정체성을 확인하는 것으로 설정하고 있다.

'내선일체'를 운명공동체로 이해하고 있음을 이 작품은 잘 보여준다. 내선 간의 차별이 없어지면서 조선인들은 '내지인'과 마찬가지로 일본인이기 때문에 서로 협조하고 일심동체로 움직여야 한다는 것이다. 조선인들이 힘든 처지에 있을 때 도와주는 사람은 바로 '내지인'이라는 것을 힘주어서 말하고 있다.

이와 더불어 이 작품에서 놓치지 말아야 할 것은 중국인에 대한 작가의 시선이다. 장혁주는 내선 간의 일치를 말하면서 동시에 중국인을 극도로 배제하고 있다. 중국인들은 문제가 많아서 결코 같이할 수 없다는 것이다. 이들은 일본정신을 배워서 일본인의 교양을 쌓을 수도 없으므로 결국은 내선인으로 뭉

쳐진 일본인들의 지도로 살아갈 수밖에 없음을 말하고 있다.

이렇게 장혁주는 철저하게 '내선일체'의 입장에서 만주와 만주국을 그리고 있음을 알 수 있다. 한데 당시 이 소설을 발표할 무렵은 만주국에서 '오족협화'가 기본 정책이기 때문에 이러한 설정은 만주국 국책에 어긋날 수도 있다. 중국인을 비롯한 여러 종족이 더불어 살아가는 것이 중요하기에 협화 미담을 일부러라도 만들어내야 하는 판인데 이렇게 조선인과 일본인이 한 편이 되어 중국인과 싸우고 또 중국인들을 야만인으로 간주하여 깎아내리는 것이 '오족협화'의 국책과 맞지 않는 것이다. 다른 작가들이라면 이러한 설정은 어림도 없었을 것이다. 실제로 장혁주는 이 작품의 후기에서 이 점을 의식하여 '오족협화'를 막는 것은 만주족이 아니고 만주의 부패한 정부 탓이라고 적고 있다. '내선일체'를 지향하는 자신의 지향이 만주국의 '오족협화'와 맞지 않는 것을 고려하여 이런 변명으로 검열을 통과했던 것이다.

만주국 건국 전후를 배경으로 다룬 『개간』과 달리 『행복한 백성』은 이 작품이 집필되던 시기의 만주를 동시적으로 그리고 있다. 창씨개명이 시작된 직후인 1940년 가을부터 2년간에 걸친 시간대이다. 이 작품의 주인공격인 조선인 개척민 이와무라(조선 이름 순도)는 창씨개명이 시작된 직후 조선을 떠나 만주에 이주하였기 때문에 창씨개명한 자신의 이름 이와무라가 본인에게도 낯설 정도이다. 과거와 같이 이런저런 인연을 끈으로 개인적으로 만주에 들어온 것이 아니고 만선척식회사의 주선으로 이주한 집단 개척민이기 때문에 마음가짐부터 다르다. 조선에서의 생활이 힘들어서 도피행각으로 이주한 것이 아니라 조선에서는 이루지 못하였던 새로운 삶의 방식을 개척하기 위하여 이주한 것이다. 자유 이민으로 들어온 이들은 만주와 만주국의 시장 원리에 노출되어 이리저리 헤매다가 운이 좋으면 한몫 잡고 그렇지 않으면 낙오자 생활을 하게 마련이었다. 그렇지만 국가가 주도하는 만선척식회사의 주선으로 들어온 이주이기 때문에 국가와 혼연일체 되어 움직여 나가는 것이다. 그 과정에서 과거의 자유주의에서는 찾아보기 힘든 새로운 규율의 삶을 영위한다.

이와무라의 만주에서의 새로운 삶은 한순간에 이루어지는 것이 아니다. 비록 집단 이주의 형태로 들어왔고 만선척식회사의 도움을 받으면서 생활하기는 하지만 난관이 적지 않다. 과거 자신의 몸에 배었던 태도도 그러하지만, 더욱 힘든 것은 자유이민으로 만주에 들어와 자리를 잡은 사람들의 관성과 이에 바탕을 둔 저항이다. 최팔은 그 대표적인 인물이다. 자유이민으로 만주에 들어온 최팔은 만주국의 국가주의적 방식에 대해

적응하지 못하면서 과거의 관성대로 살아가려고 하는 인물이다. 만선척식회사의 주선으로 새로운 마을을 만들어가려고 하는 이들의 노력을 항상 비판하던 터라 이 마을에 새로 들어온 이와무라를 자기편으로 만들려고 한다. 처음 이 마을에 들어와 모든 것이 생소한 이와무라는 최팔의 꼬임에 넘어가 술집도 다니기도 하지만 이내 이런 행동들을 반성한다. 먼저 들어온 사람 중에서 최팔과 다르게 살아가려고 하는 이들의 도움으로 이와무라는 개척민의 표본이 된다. 조선에서 이 마을로 이주한 영란이란 처녀를 두고 최팔과 벌이는 경쟁에서 마음이 흔들리기도 하지만 결국은 이와무라는 영란과 결혼까지 한다. 심지어 과거의 자유주의적 방식과 결별하려고 하지 않았던 최팔마저 개척농업정신대의 일원으로 개조시킨다. 만선척식회사 주도하에 벌어지던 새로운 마을 가꾸기와 공동작업에 기초한 농업경영에 반대하기 위하여 연판장을 돌리기까지 하였던 최팔이었지만 결국 과거와 결별하고 새로운 생활에 동참하게 되는 것으로 이 작품은 끝난다.

이 작품에서 빼놓을 수 없는 것이 바로 혈통적 동질성에 기초한 '내선일체'에 대한 장혁주의 집념이다. 조선인이 이주한 이 마을 주변에는 이미 터를 잡고 사는 만주인들도 있지만 막 입식한 일본인도 있었다. 조선 사람들이 이 마을에 입주하여 살면서부터는 이들과 분리하여 살기는 쉽지 않았을 것이다. 특히 선주민이라고 할 수 있는 만주인들의 경우 더욱 그러하다. 그런데 작가는 이 작품에서 만주인에 대해서는 거의 다루지 않고 있다. 갈등만이 아니라 협조도 있었을 터인데 결코 다루지 않았다. 그 대신에 입식한 일본인에 대해서는 많은 비중을 두어 다루고 있다. 또한 그 관계를 갈등은 거의 없고 오로지 협조하는 것으로만 그리고 있다. 처음 입식하였기 때문에 같은 집단의 일원으로 공동으로 문제들을 해결할 때도 그러하지만 다른 조직으로 나누어져 살아갈 때에도 일본인들의 도움은 매우 컸다. 이와무라가 최팔의 거짓 고발로 인하여 유치장 신세를 지고 있을 때 일본인 우시지마의 도움으로 풀려나게 된 것이 그 대표적인 경우이다. 최팔의 강한 반대로 인하여 공동경영의 새로운 방식이 난관에 처했을 때 일본인 마을에서 나온 우시지마의 지원으로 문제를 풀어나가는 등 '내선일체'의 흐름은 이 작품의 전반을 흐르고 있다. 우시지마가 시마네 출신의 자신들과 조선인들은 고대로부터 하나의 핏줄이라는 것을 강조하는 대목 역시 장혁주의 혈통주의적 '내선일체'관을 잘 드러내주는 것이라 할 수 있다. 우시지마가 "우리들은 일본에서도 동해에 면한 마을에서 왔습니다. 그곳은 고래로부터 조선과의 관계가 밀접한 곳이라 들었습니다. 특히 남부 조선과 동부 조선의 사람들과는 지금도 같은 피가 흐르고 있다고 합니다"라고 하는 언설은 장혁주가 얼마나 '내선일체'에 집착하였는지를 잘 보여준다.

'내선일체'에 대한 작가의 집념이 가장 뚜렷하게 드러나는 대목은 국어강습 대목이다. 공동경영에 입각한 새로운 마을 만들기가 어느 정도 정착되어 가자 마을 사람들은 아이들의 교육을 위하여 학교를 만들 계획을 세우고 그 목적으로 일본어 강습을 하게 된다. 이와무라는 바쁜 와중에도 솔선수범하여 일본어 강습을 할 정도로 적극적이다. 이러한 설정은 당시 상황에 비추어 볼 때 특별한 의미가 있다. 당시 만주국은 '오족협화'를 국책으로 정하고 조선족들이 자신의 언어로 신문도 내고 활동하는 것을 권장하였다. 『만선일보』가 1945년 해방까지 계속하여 조선어로 신문을 낼 수 있었던 것도 바로 이러한 맥락에서 가능한 일이었다. 1937년에 치외법권이 철폐되면서 '오족협화'는 더욱 강화되었다. 일본인마저 만주국 내에서는 하나의 종족으로 취급받아야 하는 현실에서 조선인들은 더욱 자기의 독자성을 지킬 수 있었다. 당시 조선에서 이주한 염상섭이나 백석은 바로 이러한 만주국의 특수한 정황을 활용하였다. '내선일체'보다는 '오족협화'가 조선인의 자유를 위해서는 더욱 좋은 것이기 때문이다. 그러다 보니 간도 지역을 비롯한 농촌 지역에서의 조선인 교육은 만주국에 의해 진행되었기 때문에 '내선일체'와는 거리가 멀었다. 일본 제국의 신민으로서의 조선인이라면 일본어를 배워야 하겠지만, 만주국의 한 종족으로서의 조선인이라면 일본어를 배울 필요가 없었다. '내선일체'와 '오족협화'가 충돌할 때 장혁주는 당연히 '내선일체'를 택한다. 만주국의 조선인들이 만주국의 '오족협화'의 정신을 배우는 것을 매우 못마땅하게 생각하면서 '내선일체'의 정신을 배워야 한다고 강변하는 것은 그가 얼마나 혈통주의적 '내선일체'를 내면화했는지를 잘 보여준다. 그러므로 이 작품의 마지막에서 이와무라가 일본어를 강습하는 것을 두드러지게 그려냈던 것이다.

이 작품에서 혈통적 동질성에 기초한 내선일체는 일본인 하라다가 조선인들에게 행하는 연설에서 가장 극적으로 드러난다.

> 우리들은 일본에서도 동해에 면한 마을에서 왔습니다. 그곳은 고래로부터 조선과의 관계가 밀접한 곳이라 들었습니다. 특히 남부 조선과 동부 조선의 사람들과는 지금도 같은 피가 흐르고 있다고 합니다. 우리가 마을을 떠날 때에 단지 우리들의 마을에 대해서만 생각했기에 이곳에 와서 여러분들과 같은 지역에 살게 되었다

고 들었을 때는 솔직히 말씀드려 조금 복잡할 것 같다는 생각도 들었습니다. 그러나 지금은 100배 200배 희망으로 빛나고 있습니다. 마을을 떠날 때의 외로움 따위는 한꺼번에 날아가 버렸습니다. 하나로 힘을 합쳐 이상적인 마을을 만들지 않겠습니까?

일본 시마네 현 출신으로 만주에 낭만적인 기분으로 건너온 하라다가 조선인들에게 하는 연설의 한 대목인 위의 인용문에서 혈통적 동질성에 근거한 '내선일체'의 극적인 표현을 확인할 수 있다.

3. 대동아문학자대회와 혈통주의적 동화형의 곤혹

'대동아공영론'과 태평양전쟁 그리고 대동아문학대회 등을 거치면서 동화형 친일 협력을 했던 이들은 과거의 이론을 수정하여 차츰 새로운 담론 현실에 적응하려고 하였다. 이광수가 1943년에 「대동아」를 쓴 것은 그 대표적인 것이라 할 수 있다. '내지화'란 측면에서 '내선일체'를 이해했던 이광수는 혈통주의적 요소를 제거하고 일본정신론이라는 문화주의적 접근을 취함으로써 대동아의 담론 현실에 적응하였다. 중국인이 일본

정신을 배워 일본 주도의 '대동아공영론'의 성원이 되는 것으로 마무리하고 있는 이 작품은 이광수의 내면적 고뇌와 갱신을 보여주는 것이라 할 수 있다. 그런데 장혁주는 오히려 시간이 흐를수록 더욱 혈통주의적 '내선일체'에 매달리게 된다. '내선일체'를 이야기하면 할수록 점점 부각되는 논점은 동조동근론이다. 이것이 해결되지 않는 한 아무리 '내선일체'를 외친다 하더라도 내면적으로 수용이 되지 않는 것이다. 내선의 혈통이 같다는 것을 더욱 구체적으로 탐구하였고 그 결과 밝혀낸 것이 바로 고마 신사이다. 고마 신사는 과거 고구려에서 패한 사람들이 일본의 무사시노로 탈출하였다가 그곳에서 살았던 이들이 세운 신사로 알려져 있다. 이들이 일본 전국에 퍼져 야마토인들과 피가 섞였다는 것이다. 장혁주는 이 고마 신사를 자신이 그동안 견지해온 혈통주의적 '내선일체'를 뒷받침할 수 있는 장소라고 생각하고 이에 매달렸다. 일본의 『매일신보』에 1943년 8월 24일부터 9월 9일까지 연재되었다가 조선의 『매일신보』에 9월 7일부터 9월 22일까지 연재된 장혁주의 단편소설 「순례」는 이러한 지향의 정점이다.

내지에서 술꾼 아버지와 계모 사이에서 방황하다가 소년훈련소에 들어갔던 이와모토 병사는 조선으로 나와 지원병이 되었다. 그의 방황을 가중시킨 또 하나의 이유는 '내지인'과의 차별 대우였다. 조선인으로서 동경에 살기 때문에 일상적으로 일본 '내지인'으로부터 차별을 받는다. 지원병 제도와 징병 제도가 나오자 여기에 들어가 진정한 일본인이 되어 더는 차별을 받지 않고 살아가려고 한다. 그런데 이런 마음에도 불구하고 해결되지 않는 것은 조선인과 '내지인'이 진짜로 동조동근인가 하는 점이다. 이 문제로 고민하던 차 찾아간 곳이 바로 고마신사이다.

> 어딘지 모르게 가쁜 숨을 쉬고 있는 듯한 이와모도를 위로하는 듯이,
> "지원병 제도가 있는 것을 그때는 몰랐었나?"
> 하고 물었다.
> "알고는 있었습니다마는 내지에 살고 있는 저희들은 아직 지원하기가 곤란한 때였습니다."
> "지원할 수 있는 줄 알았을 때엔 그런 맘은 없어졌을 텐데……."
> "네. 없어졌습니다. 참으로 기뻤습니다. 그래도 또 한 가지 자신을 가질 수 있는 게 있었습니다."
> "그건 무엇인가?"
> "옛날부터 내선(內鮮)이 정말 일체였는지가 늘 맘에 걸렸습니다."
> "그야 물론 일체였지. 자네는 그런 역사를 모르나?"

"조금은 압니다마는 그것이 감정에까지 떠오르지를 못했었습니다. 그러나 고마 신사에 참배했을 때 문득 깨달은 바가 있었습니다."

"그랬겠네."

"거기 사는 사람들이 일천 일백 년 전에 여기서 건너간 사람들이란 말을 듣고 또 완전히 내지인이 되고 마는 사실을 눈 앞에 보았을 때 그렇다 하고 저는 자신을 가질 수 있었습니다."[6]

이와모토 병사가 고마 신사를 방문한 후 지원병에 들어간 것에는 과거 동아시아의 고대사가 놓여 있다. 장혁주는 고대 동아시아에서 조선과 일본은 하나의 계통이었는데 조선이 중국에 혼을 빼앗긴 이후에는 갈라졌다는 것이다. 다시 조선이 일본의 식민지가 됨으로써 과거의 유대를 회복할 수 있게 되었다는 것이다. 바로 이러한 역사의 증거가 고마 신사라고 믿는다. 지원병 훈련소의 교관이 하는 다음 말은 이를 잘 풀어서 말하고 있다.

"내지에서 처음 온 사람은 내선(內鮮)이 동근동조(同根同祖)라지만 저렇게 다르지 않느냐고 흔히들 말합니다. 그런 사람들은 딱

6 김재용 · 김미란 편역, 『식민주의와 협력』, 역락, 2003, 219쪽.

한번 이 훈련소에 와보라고 권하고 싶습니다. 실물을 보고는 모두 감탄할 것입니다. 거리의 민중들은 흰옷을 입고 있고 다른 집에 살고 있고 얼굴도 같지 않습니다. 그러나 그것은 오랫동안 대륙에 의지해서 살아온 역사 때문에 그렇게 삐뚤어진 것이지 자세히 관찰할 것 같으면 역시 대화민족(大和民族)과 같은 민족이라는 것을 알 수 있습니다. 오늘날의 조선적인 것에서 대륙적인 것을 뽑으면 순수한 조선적인 것이 있습니다마는 그것은 곧 순일본적인 것에 통하는 것입니다. 백제나 고구려는 물론이요 신라까지도 일본적이었으니까요."

"그러면 황민화(皇民化)라는 말은 조선에서는 상고환원(上古還元)이란 뜻이 되는군요."

"그러나 단순한 환원이 아니고 황민을 향한 약진이지요. 같은 뿌리에서 나온 것이니까. 제 갈 길을 찾아 들어 황민정신을 파악하면 아주 같은 것이 될 수밖에 없지 않습니까. 그러니까 같은 황국의 병정이 될 수 있는 것입니다."

(군대훈련이 황민화의 첩경이로구나)

라고 나는 생각하고 징병제 시행은 조선의 황도화의 촉진이라는 점에서도 꼭 필요하다고 생각하였다.[7]

7 위의 책, 180~181쪽.

그런데 이러한 논리는 당시 '대동아공영론' 담론하에서는 다소 위험한 것이기도 하다. 왜냐하면 중국을 끌어들여야 하는 상황에서 중국적인 것 대륙적인 것을 배제하고 오로지 일본과 조선만의 동질성을 강조하는 것은 대동아공영이나 팔굉일우에 맞지 않기 때문이다. 이광수가 중국의 공자 등이 남긴 예 같은 것이 중국에서는 없어졌지만, 일본에서 잘 보존되어 남아 있다고 하는 것과 매우 다른 접근이다. 이광수는 혈통주의를 스스로 배척하였기 때문에 이러한 논리를 펼칠 수 있지만, 장혁주는 오히려 혈통주의를 강화해 나갔기 때문에 곤경에 처했다. 오히려 장혁주는 '내선일체' 동조동근의 근거를 더 찾는 방향으로 나아갔다.

이 소설에서 '내지인'과 조선인의 혈통이 같다는 것을 자주 언급하는 대목은 이런 측면에서 이해할 수 있을 것이다.

제일 가까이서 지휘하고 있는 하사관의 살결은 순식간에 피가 배였다. 하사관의 늠름한 동작에 놀라

"저 하사관은 내지인입니까?"

하고 물으니까,

"아닙니다. 당 훈련소 출신자입니다."

라는 대답이다.

"어제께 나한테 총검술을 가르쳐 준 가네시로 병장도 그랬지만 내지병과 조금도 다르지 않군요."

"안 다르구 말구요. 군대에 들어가면 코나 입맵시나 머리통까지 같아진답니다."

"정신이 같아지는 까닭일까?"

"물론 그렇지요. 그러나 피가 다른 민족이면 그렇게 되지를 않습니다. 보십시오. 저 기무라 상등병에게서 어디 털끝만치나 조선 냄새가 납니까. 이것은 역시 우리들이 같은 피를 나누어 가진 형제라는 증거이라 생각합니다."[8]

피를 나눈 형제이기 때문에 조선인들의 몸짓이 일본인과 같다고 하는 대목에서 우리는 장혁주의 '내선일체'가 문화주의적인 것이 아니라 혈통주의적인 것임을 더욱 분명하게 알 수 있다. 일본의 정신을 배움으로써 일본인이 될 수 있다고 하는 문화주의적 태도와는 명백하게 다른 것이다. 또 다른 대목을 보자.

"그런고로 충효관(忠孝觀)의 시정(是正) 이라든가 내지생활에 익숙해 한다든가 하는 특별한 지도가 필요해지는 것입니다."

8 위의 책, 180쪽.

가다기리 교관의 말을 한마디 한마디 마음속에 아로 새기면서, 이때까지 다른 사생관(死生館)과 생활환경 속에서 자란 사람이 황민화(皇民化)되는 과정을 생각하고

"내지에서 자란 사람은 그런 점은 좀 편하겠지요."

하고 물었다.

"그야 다르구 말구요. 내지병과 같답니다. 그러나 조선서 자란 사람두 원래 피가 같으니까 석 달만 훈련을 하면 내지병과 같아집니다. 이것은 차차 보여 드리지요……"[9]

내지에서 온 조선인들은 '내지인'들과 거의 같은 생활을 했기 때문에 쉽게 적응하는 반면, 조선에서 온 조선인들은 '내지인'들의 생활을 따라가려면 시간이 좀 걸린다는 것이다. 그들조차도 3개월이면 '내지인'과 같아진다고 말한다. 그 이유는 바로 혈통이 같기 때문이라는 것이다.

이러한 점들을 고려할 때 장혁주는 시간이 흐를수록 오히려 혈통주의적 '내선일체'관을 더 깊이 체화하고 내면화함을 알 수 있다. 바로 이 점이 문화주의적 동화형의 친일 협력인 이광수와 명백하게 나누어지는 대목이다. 장혁주는 끝까지 이 혈통

9 위의 책, 173쪽.

주의적 동화형의 친일 협력을 하였다.

장혁주의 혈통적 '내선일체'관이 중국을 타자화하는 과정을 보여주는 또 하나의 흥미로운 대목이 있다. 2차 대동아문학자 대회에서의 중국인 작가의 비난이다. 주작인은 원래 중국 대표

第二分科會

【午前九時三十分開會】

白井委員長 これから第二分科委員會を開會いたします。私が指名されましたので、議事を進行させて頂きます。ほかの會議と違ひまして、この會議は非常に[illegible]に皆さんの意見を交換し、[illegible]やうにしたいと思ひます。去年はこの分科會といふものがございませんで、第二回にはじめて[illegible]のであります。從つて今回の大[illegible]は、この分科[illegible]

[illegible]思ひます。そのつもりで忌憚なく御意見を[illegible]願ひたいと思ひます。なほ申すまでもないことでありますが、時間も非常に[illegible]て居りますので、第三回の大東亞文學者大會を開くことが出來ますとしましても、それは一年先のことであらうと思ひます。さうしますと只今協議いたしますことは、その一年までのことを含んだことを[illegible]と思ひます。ですから現在の情勢のみに限定しないで、そこは文學者の[illegible]でもって、今後一年間がどういふ[illegible]になるかといふやうなことまで[illegible]

反動大家を掃蕩

中國文學確立の要請

アジア文化の擁護

重慶地區工作のために

[illegible]

였지만 이 회의에 참석하지 않았다. 그리하여 당시 회의 석상에서는 '늙은 반동'이라는 비난을 받기도 하였다. 그런데 장혁주는 다른 일본 작가보다 한층 격렬하게 주작인 및 중국인 작가를 비난하였다. 대동아문학자대회에 참여한 다른 조선 작가들이 자기 보고만 하고 달리 토론에 참여하지 않은 것과 달리 장혁주는 주도적으로 나섰다.

일본인 연구자 오무라 마스오는 이 대목을 언급하면서 "장혁주의 황민도는 보통 일본인 작가를 넘어서고" 있다고 말할 정도이다. 이 일은 결코 우연한 것이 아니다. 평소 장혁주가 내지화를 기본 축으로 삼으면서 중국을 배척하고 타자화했던 것의 표현이라고 할 수 있다. 동화형 친일 협력을 했던 이광수마저도 대동아문학자대회 등에 참가하면서 기존의 생각을 바꾸어나가지만, 장혁주는 오히려 혈통주의적 '내선일체'의 초지를 더욱 강화하고 있다.

4. 학병독려와 화랑도 정신의 호출

장혁주도 일제 말 최후기에는 학병의 문제에 매달렸다. '내선일체'에 매진했던 그로서는 이 문제에 대해서 그 누구보다도 열심히 동참하였다. 흥미로운 것은 이 문제를 바라보는 장혁주의 시각이다. 혈통주의적 동화형 친일 협력을 하였던 그는 이 학병의 문제를 화랑도의 차원에서 바라보고 있다. 신라와 일본은 같은 뿌리라고 보았기 때문에 여기서 학병의 뿌리를 찾는 것이다. 고려 말에 중국으로부터 유학을 받아들이면서 조선과 일본의 '내선일체'가 점차 틈이 생기기 시작하였고 그 이전에는 하나라는 것이 장혁주의 혈통주의적 '내선일체'의 논리였다. 그러므로 학병의 역사적 뿌리를 화랑도 정신에서 찾는 것이다. 이런 점을 보면 장혁주의 혈통주의적 동화형 친일 협력이 얼마나 강하게 내면화된 것의 산물인가 하는 점을 알 수 있다. 장혁주가 『매일신보』에 학도병을 독려하는 글 「화랑도 정신의 재현」은 그런 점에서 매우 흥미롭다.

장혁주는 최후기에 들어서면서 여전히 풀지 못한 과제를 안고 있었다. 대동아공영의 문제였다. 두 번에 걸친 대동아문학자대회를 거치면서도 흔들림 없이 자신의 초지에 충실하였다. 특히 2회 대회에서는 주작인 등 중국인 작가들을 비판하면서까지 '내선일체'의 일본정신을 강조한 바 있다. 하지만 이런 그에게도 쉽게 넘기기 어려운 일이 점차 벌어지고 있었다. 일본은 미국과 영국 등과 싸워 이기기 위해서 다른 아시아 나라들의 도움이 절실하였다. 독립을 약속하면서까지 아시아 나라들의 도움을 받고자 했던 것은 바로 미영과 싸워 이기기 위해서이다. 그러므로 싸움이 격화될수록 일본 제국은 대동아공영을 한층 더 강조하였다. 단순히 아시아의 자원을 획득하는 차원의 것이 아니라 더 나아가 미영과 싸우기 위해서 아시아 나라들의 협조가 필요했다. 이러한 현실의 흐름과 전개를 장혁주가 마냥 외면할 수는 없었다. 자기 식으로 대동아공영에 대한 입장을 세우지 않고서는 이 현실을 바로 볼 수 없었던 것이다. 특히 1943년 11월 5일부터 열린 대동아회의는 결정적이라고 할 수 있다. 도조 히데키의 주최로 중국의 왕조명, 타이의 와이타야콘, 버마의 바모, 필리핀의 라우렐, 만주의 장경혜 그리고 인도의 찬드라 보스가 참가한 대동아회의가 열렸다. 그동안 막연하게 대동아를 외치던 차원이 아니라 대동아의 수뇌들이 동경에 모여 전쟁을 논하고 대동아공영을 말할 정도로 현실은 급격하게 전개되어 갔다. 일본이 이 대회를 연 것은 말할 것도 없이 전쟁이 갈수록 격화되어 절박했기 때문이다.

이러한 현실의 흐름을 외면할 수 없었던 장혁주가 이 시기에 쓴 글 「아시아 환희의 밤」은 매우 흥미롭다. 이 글은 독일에서 일본으로 건너와서 인도국민국을 창설하였고 대동아대회에 옵서버로 참여한 찬드라 보스(1897~1945)와 1915년에 반영국 죄로 일본에 망명하여 살아오던 비하리 보스(1886~1945)

두 사람을 위한 향연에 참가한 기록이다. 찬드라 보스는 인도 국민군을 만들어 영국과 맞서 싸웠던 인물이다. 타고르와 간디가 일본의 중국 침략을 비판하고 반영국전선에서의 연대를 호소하는 일본의 요구에 정면으로 거부했던 것과 달리, 찬드라 보스는 반영전선에서 일본과의 연대를 적극적으로 호응하고 나선 인물이다. 독일을 거쳐 일본에 온 찬드라 보스를 대동아회의에 옵서버로 참여시킬 정도로 일본 제국은 환영하였다.

> 그가 지난 수십 년 동안 겪은 고를 여기 기록하기 어렵거니와 그가 오늘에 느끼는 환희는 참으로 측량키 어려우리라 생각한다. 비하리 보스의 이 환희는 즉 버마의 기쁨이고 필리핀의 즐거움이고 자바 수마트라 그리고 중국 기타를 포함한 동양 십억 민중의 기쁨이다.[10]

비하리 보스는 영국의 인도 지배에 항의하여 일찍이 일본으로 건너와 일본인 여자와 결혼하여 정착하였던 인물이다. 그러면서도 항상 인도의 독립을 열망하였는데 이렇게 찬드라 보스가 일본으로 건너와 인도독립군을 만드는 것을 보면서 비로소 자신이 고대하였던 인도의 해방이 다가오는 느낌을 가졌다. 이

10 『半島の光』, 1944.1.

런 비하리 보스를 보면서 장혁주는 대동아공영의 필요성을 절감했을 것이다. 그렇기에 인도의 해방만이 아니라 다른 아시아의 나라 십억 민중의 기쁨이라고 표현할 수 있었다. 장혁주는 두 번에 걸쳐 대동아문학자대회에 참석한 바 있기에 다른 아시아 지역에서의 문제에 대해서 무관심하지 않았을 것이다. 대동아회의를 거치면서 아시아의 영역이 인도에까지 확장되는 것을 보고 어느 정도 실감을 가졌을 것이다. 하지만 자신이 견지해오던 '내선일체'의 확장으로는 대동아공영을 설명할 수 없다는 곤혹스러움에 직면했을 것이다. 이미 이광수는 이런 사태를 예감하고 인도의 불교, 중국의 유교를 현재 일본이 잘 보존하고 있다고 하면서 '내선일체'와 대동아공영의 공존을 설명하려고 하였다. 하지만 장혁주는 혈통적 동질성에 기초한 '내선일체'의 순수성과 역사성을 맹신하고 있었기에 이런 논리에 쉽게 찬성할 수 없었다. 그가 선택할 수 있는 길은 이광수처럼 '내선일체'를 확장하는 것이 아니고 '내선일체'와 대동아공영을 다른 층위에서 결합하는 것이다. 조선과 내지가 하나 되어 일본 제국이 되고 이것이 다른 아시아를 지도하는 방식으로 이해함으로써 장혁주는 이 곤혹스러움을 돌파하려고 하였다.

그러나 기쁨 가운데서 가장 큰 기쁨을 느끼고 있는 곳이 이곳 일

> 본이다. 일본이 대동아건설의 책임자의 입장에 서고 십억 민중을 구출해서 그들에게 영원한 해방과 환희를 나누어 줄 임무를 담당하고 있으니 이 기쁨이야말로 참으로 큰 환의가 아니고 무엇이랴.[11]

장혁주는 '내선일체'와 '대동아공영론'을 다른 층위에 놓고 보기 때문에 스스로 아무런 모순을 느끼지 않게 된 것이다. 이광수와 장혁주처럼 동화형 친일 협력을 주장했던 이들이 어떻게 대동아공영을 내면적으로 받아들이는가 하는 것은 이처럼 결코 간단한 것은 아닌 것임을 알 수 있다.

장혁주는 이처럼 자기 식으로 대동아공영을 이해하고 설명하였기 때문에 내부적으로는 방해물이 없게 된 셈이다. 그렇기에 열심히 '내선일체'에 입각한 동원만을 선전하면서 전쟁의 승리를 독려하는 것으로 자기 일에 매진할 수 있었다. 당시 일본의 광산에 동원된 많은 조선인이 가혹한 노동에 시달려 조선으로 돌아가는 일이 빈번하였다. 장혁주는 이들을 달래어 생산 현장에 붙들어 두는 일을 하기 위하여 각 사업장에 나갔다. 다음은 그러한 일을 하면서 자신의 보람을 이야기한 것의 한 대목이다.

11 장혁주, 「내지 증산 전장의 반도 산업 전사들」, 『半島の光』, 1944.6~8.

그러나 그날 밤에 떠나 동경으로 향했으나, 기차가 혼잡해서 앉을 자리가 없어 하관(下關)에서 1박하고, 그 익일(翌日) 아까이시(명석, 明石)까지 오니 저녁때라 내려서 또 1박했다. 이렇게 해서 동경에 돌아왔으나 2, 3일은 정양치 않을 수 없었다. 그러나 내 수고는, 다음에, 감사장으로 위로를 받았다. 다까마쓰 제3광장의 편지인데, "…… 선생님의 은혜로 그 ○○명이 모두 일시귀선(一時歸鮮)을 하나, 다시 돌아와서 일하기로 결정했습니다. 일시 출탄이 불가능할 상태였더니 수미(愁眉)를 펴게 되었습니다. 오늘 그들과 약간의 주효를 갖추어서 간담회를 열고 화기애애하게 하루를 지냈습니다. 운운(云云)." 나는 노무자 제군이 마음을 돌이켰다는 쾌보(快報)가 즐거웠거니와, 그보다도 반도 노무자를 이같이 소중히 여기는 광장(鑛長)의 정성을 더한층 기쁘게 생각했다. 오래 보고문을 읽으신, 고향 여러분은 여러분의 자제가 내지(內地)에 가서 어떻게 지내나 하는 근심은 조금도 하지 마시기를 바란다. 필자의 이 보고를 읽으시면 반도 노무자가 어떤 상태에서 지내는 것을 정확히 아시리라 생각하고 이만 두려 한다.[12]

가혹한 노동에 시달려 조선으로 돌아가는 사람들을 회유하

12 위의 책.

고 나아가 조선의 사람들에게 안심하고 보내라고 독려하는 글을 이렇게 태연하게 썼던 것이다. 이 길만이 '내선일체'의 일본 제국이 승리하는 것이라고 믿었기 때문일 것이다.

일본이 패하고 조선이 독립하자 장혁주는 심한 고통에 시달렸지만 결코 자신의 신념이 빗나갔다고 생각하지 않았다. 자신의 신념에 충실하기 위하여 조선으로 건너오지 않고 일본에서 일본인으로 귀화하여 살았다. 혈통주의적 동화의 꿈이 사라진 마당에 자신의 이론에 충실할 수 있는 것은 일본에서 남아 일본인으로 살아가는 것이다. 장혁주는 자신의 이념에 충실하기 위하여 일본 국적을 택한 것이다. 자기 스스로의 논리적 일관성을 갖춘 셈이다. 특히 혈통주의적 동화의 꿈을 이야기할 때 항상 근거로 삼았던 고마 신사 부근 지역에서 생활하였다. 죽을 때까지 여기에 주거하였던 것으로 보아 아마도 자신의 신념을 포기하기 어려웠던 것이다.

3장

속인주의적 혼재형 친일 협력 : 유진오

1. 무한삼진 함락과 종족적 이질성의 '내선일체'론

무한삼진의 함락은, 앞서 보았던 이광수, 장혁주와 마찬가지로, 유진오에게도 큰 충격을 주었다. 중국이 일본의 손에 넘어갔기에 더는 조선의 독립을 기약하기 어렵다고 판단한 유진오는 친일 협력의 길에 나서게 된다. 서구 국가를 등에 업고 있던 장개석 국민당 정부를 중경으로 내몰아친 것은 동아시아의 주도 세력으로서의 일본의 승리이며 동시에 서구에 맞선 동아시아의 승리라고 보았다. 무한삼진 함락 직후 중국 전선으로 위문단으로 떠나는 세 명의 작가 김동인, 박영희, 임학수를 떠나보내면서 일곱 명의 작가들, 이광수, 김기진, 정인섭, 이선희, 김문집, 김동환이 글을 썼다. 유진오 역시 글을 썼는데, 비록 짧은 글이기는 하지만 당시의 유진오의 결의를 읽을 수 있는 매우 중요한 것이다.

동아신질서 건설을 위하여 대륙의 전선에 분투하는 용사를 위문하기 위하여 금차 도지(渡支)하는 제위의 건강을 빌며 이 중대한 사명을 무사히 다하시기를 바랍니다. 전쟁이란 실로 인간의 가장 심오한 금선(琴線)을 울리는 가장 절실한 인간활동이라 금차의 제위의 전선 위문은 반드시 위대한 문학적 성과로 나타날 것을 아

울러 기대합니다.[1]

하지만 이후 유진오의 글을 보면 이것은 시작에 지나지 않음을 알 수 있다. 국민정신총동원의 기관지인 『총동원』 1940년 2월호에 실린 유진오의 「時局と文化人の任務」에서는 내면의 목소리가 한층 두드러지게 드러난다. 이 글에서 유진오는 '내선일체'를 진정으로 받아들이기 시작하는데 다음 대목은 그 뚜렷한 증거이다.

> 내선일체는 내선 무차별 평등 일체화를 궁극적으로 목표하는 것으로 이를 위해서 조선인들의 국민적 자각과 문화적 교양을 내지인과 동일한 수준으로 끌어올리는 것이 필요하다.[2]

'내선일체'를 차별의 극복으로 생각하기 시작하였다는 것은 일제에의 협력이 내면적으로 시작되었음을 말하는 것이다. 당시 동화형 친일 협력이든 혼재형 친일 협력이든 협력은 모두 '내선일체'를 차별철폐로 이해하는 데서 시작한다. 이 점은 앞서 보았던 동화형 친일 협력자였던 이광수나 장혁주는 물론이

1 유진오, 「신질서건설과 문학」, 『삼천리』 1939.7.
2 유진오, 「時局と文化人の任務」, 『총동원』, 1940.2.

고 다음에 보게 될 혼재형 친일 협력인 최재서에서 공히 드러난다. 그런 점에서 이 글에서 우리는 유진오의 친일 협력이 본격화되고 있음을 알 수 있다. 하지만 이 글만 가지고는 이것이 동질성의 '내선일체'인지 혹은 이질성의 '내선일체'인지 분명하지 않다.

하지만 이 시기 유진오가 깊이 관여하였던 『조선문학선집』 발간을 보게 되면, 혼재형의 친일 협력의 경향을 확인할 수 있다. 1940년 일본의 아카츠가 쇼보[赤塚書房]에서 발행된 『조선문학선집』에는 조선에 거주하는 작가로는 유진오만이 편집인으로 참여하고 있다. 물론 조선인으로는 장혁주도 참여하고 있지만 일본 동경에 거주하고 있어 다르다. 나머지 두 명의 일본인 편집위원으로는 아키타 우자쿠[秋田雨雀]와 무라야마 도모요시[村山知義]가 참여하였다. 1권은 3월에, 마지막 권인 3권은 12월에 나왔다. 이 책은 당시 조선의 문학을 일본 제국의 문학의 하나로 본격적으로 편입하려는 제국의 욕망에서 나온 산물이다. 무한삼진의 함락 이후 일본 제국의 지식인들은 조선을 일본 제국의 한 영역으로 편입시키려는 적극적 시도를 하였다. 그 이전에 일본의 지식인들은 조선의 문학에 대해서 큰 관심을 두지 않았다. 물론 일본의 프롤레타리아 문학 계열의 작가들이 『文學評論』 등을 통하여 조선의 프롤레타리아 문학을 소개하려고 하였던 적은 있었다. 그것은 물론 프롤레타리아 국제주의의 차원에서 이루어진 것이기에 조선의 문학 중에서 프롤레타리아 문학의 일부에 국한된 것이었고 국가 혹은 제국의 차원에서 이루어진 것은 아니었다. 하지만 무한삼진 함락 이후 일본의 문학가들은 직접 조선을 방문하면서까지 조선의 문학의 일본 제국의 문학 중의 하나로 편입하려고 노력하였다. 심지어 조선의 작가들에게 일본어로 작품 활동을 하라고 권유할 정도였다.

굳이 이 시기에 이러한 작품집을 통하여 조선문학을 일본어로 번역하여 일본에 소개하는 것은 당시 이 작품의 선정에 가장 큰 영향력을 행사했을 것으로 보이는 유진오의 태도가 중요하였다. 그가 이 책의 편집에 적극적으로 나선 것은 조선문학이 일본 제국의 하나의 중요한 영역임을 보여주기 위한 것이다. 당시 일본 제국의 문학인들이나 지식인들이 무한삼진 함락을 계기로 조선의 문학과 문화를 '내지화'하려고 하는 움직임이 있었는데 유진오는 이것은 피하고자 했다. 조선문학이 일본 제국의 한 영역임에는 동의하지만 조선문학의 특성이 사라지고 '내지화'되는 것은 결코 받아들일 수 없었던 것이다. 따라서 그가 할 수 있는 것 중의 하나는 조선문학의 특성을 잘 보여줄 수 있는 작품을 묶어 일본어로 번역하여 일본 제국에 내보내는 것이다. 이를 통하여 야마토 문학과는 다른 조선문학의 특성을 지키고자 했던 것이다. 유진오가 지향하는 '내선일체'가 동질성이 아니라 이질성에 기초한 것임을 알 수 있다. 즉 동화형 친일 협력이 아니라 혼재형의 친일 협력임을 알 수 있다.

2. 조선인의 특수성과 속인주의적 혼재형

유진오가 견지하였던 속인적 이질성의 '내선일체'에 기반한 혼재형의 친일 협력의 구체적 면모는 1940년 6월 일본 제국이 '대동아공영론'을 내세우기 시작한 이후 한층 분명하게 드러난다. 중일전쟁 3주년을 맞이하면서 쓴 다음 글이 그 핵심이라 할 것이다.

> 사변은 지금 단순히 장 정권 타도라고 하는 소극적인 것이 아니고 동아신질서의 건설이라는 적극적인 것을 목표하게 되었습니다. 사변을 단지 소극적인 것으로, 군사적인 것으로 한정시켜 버린다면 우리 문화인은 단지 일 국민으로서 시국에 협력하는 데에 그치고 말 것입니다. 그러나 적극적인 것으로까지 발전시켜 보면, 우리들은 단순히 일 국민으로서만이 아니라 더 나아가 실로 문화인으

> 로서의 책무도 지고 있음을 생각하지 않으면 안 됩니다. 무릇 동아 신질서의 건설은 또한 동아 신문화의 건설이기 때문입니다.[3]

중일전쟁에서의 일본의 승리를 단순히 장개석 정부의 타도라고만 보지 않고 동아시아 신질서의 건설이라고 보는 유진오의 언급에서 혼재형 친일 협력의 태도와 시각을 분명하게 읽을 수 있다. 무한삼진 함락 직후의 유진오의 글에서는 보기 힘들었던 면모가 드러난다는 점에서 매우 흥미로운 글이다. 앞의 글에서는 조선의 독립이 무망한 마당에 이제는 차별철폐로서의 '내선일체'가 지향해야 할 목표라고 말하는 정도였지, 동아 신질서와 같은 동아시아를 대상으로 하는 전망은 나오지 않았다. 실제로 무한삼진 함락 이후 일본 제국은 동아신질서를 크게 외쳤지만 당시의 유진오에게는 크게 다가오지 않았던 것이다. 그런데 동질성의 '내선일체'가 아닌 이질성의 '내선일체'를 고민하면서 이 담론을 새롭게 인식하기 시작한 것이다. 무한삼진 함락 이후의 현실을 단순히 조선과 일본만의 문제가 아니라 중국을 포함한 동아시아 전체의 문제로 보기 시작하면서 '내선일체'의 문제도 한층 구체적으로 생각하기 시작한 것이

3 유진오, 「所感」, 『삼천리』, 1940.7.

다. 그가 끄집어 낼 수 있었던 것은 '내선일체'의 문제를 동질성이 아닌 이질성의 차원에서 보는 것이다.

그 역시 이전에는 다른 많은 조선의 지식인들처럼 중국을 조선 독립의 기지로 상상하였을 것이다. 그런데 중국이 일본에 패하게 되면서 이러한 가능성은 없어졌다고 판단하였을 것이다. 조선의 독립이 물 건너 간 마당에 할 수 있는 것은 이 새로운 정세를 적극적으로 해석하는 것인데 바로 그것이 동아시아 신질서의 건설이다. 근대 서양의 억압 속에서 살았던 동아시아가 이제 비로소 자립할 수 있다는 가능성을 읽어내기 시작하였다. 이제 조선이 독립되지 못하는 것을 아쉬워하지 않고 오히려 적극적으로 서양에 맞선 동아시아의 자립의 전망 하에서 미래를 상상하기 시작한 것이다.

야마토와 조선의 차이를 해소하면서 '내지화'의 길을 걸었던 이광수나 장혁주와 달리 유진오는 야마토와 조선의 차이를 보존하면서 일본 제국의 국민이 되는 길을 취하였다. 차이의 해소가 아닌 차이의 보존을 통한 신민되기라는 유진오의 전망은 같은 글의 다른 대목에서 잘 드러난다.

> 어떻게 하여 동아 신문화를 건설할 것인가. 어떻게 하여 동양의 오랜 전통을 새로운 규모 아래 건설해 낼 것인가. 대단히 막막하고

> 곤란한 과제이긴 하지만 지금 저희들 조선에서 태어나 살아가는 사람은 조선이라는 특수성 때문에 또한 이중의 과제를 짊어졌다는 것을 깨닫지 않으면 안 됩니다. 성전 3주년을 맞이하여 나는 우리 문화인으로서의 책무의 중요성을 통감합니다.[4]

'이중의 과제'라고 한 대목을 눈여겨 볼 필요가 있다. 유진오는 "동양의 오랜 전통을 새로운 규모 아래 건설"해야 한다고 했는데 이는 유진오만의 것은 아니다. 앞서 보았던 것처럼 이광수나 장혁주도 이러한 문제의식을 공유하였다. 일본을 축으로 하여 동양의 오랜 전통을 새롭게 살려 아편전쟁 이후 서구의 일방적 문화적 억압 속에서 해방되어야 한다는 것이다. 하지만 이들과 유진오가 달라지는 지점은 그 과정에서 조선적인 것의 특수성을 지켜야 한다는 대목이다. 동화형 친일 협력에서는 조선의 특수성을 지키는 것은 생각할 수 없다. 피로 통하든 정신으로 통하든 궁극적으로 일본적인 것에 동화되는 것이 핵심이다. 하지만 유진오는 그러한 태도에 대해서는 반대하였다. 조선적인 것의 특수성을 지키고 이를 동양문화의 부흥과 같은 것에 합류시키는 것이 핵심이다. 그렇기 때문에 이중의 과제라

4 위의 글.

고 표현했던 것이다. 조선적 특수성을 견지하는 것이 하나의 과제이고, 동양의 부흥이 또 다른 과제이다.

조선적인 것을 보존하면서 동양적인 것을 추구함으로써 일본 문화를 다양하게 풍부하게 할 수 있다는 유진오의 이러한 생각은 태평양전쟁 이후 더욱 가속화될 수밖에 없었다. 조선적인 것을 통하여 동양을 부흥하는 것이 조선인들의 '내선일체'라고 생각하였던 유진오는 이후 구체적 창작 등을 통하여 그 구체적 모습을 드러냈다. 조선적인 것을 지켜야 한다는 것과 동양을 부흥해야 한다는 것은 글에 따라 그 강조가 다를 뿐이다.

먼저 동양의 부흥에 대한 그의 태도가 잘 드러난 경우가 소설 「신경」이다. 『춘추』 잡지 1942년 10월에 발표된 이 작품은 작중화자 철이 제자들의 취직을 알선하기 위한 학교의 일로 만주국 신경을 방문하는 이야기이다. 내심으로는 위독한 상태에 있는 평양의 친구를 만나는 것과 서양의 영향에서 벗어나고 있는 신경의 모습을 보려고 하는 생각을 갖고 있어 이 여행에 나선 것이다. 그런데 만주국 신경을 방문하는 대목에서 예의 두 가지 태도가 잘 드러나 있어 매우 문제적이다.

우선 서양에 맞선 동양의 부흥이다. 10여 년 전 장학량이 중국 동북지방을 통치할 때 본 것과 현재 만주국이 들어서고 특히 일본이 러시아로부터 중동철도를 사들인 이후의 대비가 이 작품에서 매우 큰 비중을 차지하는데 이 대목은 서양에 맞선 동양의 부흥을 잘 말해주는 대목이다.

> 그 기대하던 신경은 과연 철의 예상에 어그러지지 않았다. 남신경 근처부터 벌써 벌판 이곳저곳에 맘모스 같은 거대한 건축물이 우뚝우뚝 보이더니 이내 웅대한 근대도시가 벌어지기 시작하였다. 아직도 건설 도중이라는 느낌은 있었으나 갓 나온 연녹색 버들 사이로 깨끗한 콘크리트의 주택들이 깔리고, 멀리 보이는 큰 건축물들의 동양적인 지붕도 눈에 새로웠다. 이 건축의 새로운 양식도 동양이 서양의 영향에서 벗어나서 자기의 것을 창조하려는 노력의 한 나타남일까 하고 철은 생각하였다.[5]

당시 만주국에는 새로운 건축 양식이 나왔는데 이른바 제관식이라고 불리는 양식이었다. 오늘날 중국 동북지방 특히 장춘(신경)을 방문하면 발견할 수 있는데, 건물 위에 동양의 기와집 모양을 얹어놓은 것이다. 만주국의 주요 관청은 거의 예외 없이 이러한 양식으로 지어졌는데 화자는 이를 동양이 서양의 영향에서 벗어나는 징표로 보았다.

---

5 『춘추』, 1942.10.

동양이 서양의 영향에서 벗어나는 것으로는 이러한 건축 양식만이 아니다. 일본의 만철이 러시아로부터 중동철도를 사들여 하나의 궤도로 통일한 것 역시 이러한 결과라고 보았다.

철이 만일 처음으로 신경에 발을 들여놓은 사람이었다면 그만 광경에 그다지 신기해하지 않았을지도 모른다. 그러나 철은 열두 해 전 장춘 시대의 신경을 알고 있었다. 그때의 장춘은 정거장만 커다란, 보잘 것 없는 초라한 시골도시에 지나지 않았다. 남만주철도의 종점인 동시에 중동철도의 종점이어서 일본과 러시아와 장학량의 세 세력이 부드트리는 지점이라 정거장에는 낫과 마치가 엇질린 모표를 단 중동철도 사원과 피스톨을 찬 장학량의 헌병과 만철 사원이 제각각 어깨를 빼기고 어지러이 걸어 다니고 있어서 분위기는 몹시 무시무시하였으나 한발짝 정거장 문을 나서면 납작한 집들이 헛되이 큰 도시 계획의 실패를 말하고 있고 넓은 마당에는 잡초가 제법 우거져 있었다. 곧장 시베리아 본선으로 연락된다는 '인터내셔날 왜곤리'의 침대차가 이곳까지 들어와 있었고, 그 차를 타고 한 걸음 북쪽으로 나가면 정거장마다 벌써 소련의 붉은 깃발이 나부끼고 있었고.[6]

---

6 위의 책, 190쪽.

러시아의 중동철도를 일본의 만철이 사들였기 때문에 신경이 한층 정돈되었다고 보는 것은 서양의 일 세력인 러시아의 영향력에서 동양의 일 세력인 일본이 벗어나기 시작한다는 것을 의미한다. 동양이 서양의 영향에서 벗어나고 있다는 것을 신경에서 확인하는 것에는 건물양식, 철도뿐만 아니다. 작중화자 철은 예전에 신경을 방문했을 때 들렀던 카페 임페리알의 나타샤를 떠올린다. 이번의 방문에서 예전의 번성했던 모습은 찾아볼 수 없게 되었다. 과거에는 서양인과 서양문화가 이 지역을 압도했지만 이제는 시야에서 사라지게 되었다는 것을 보여준다. 이 역시 동양이 서양의 영향에서 벗어나는 한 증거라고 생각한 것이다. 유진오는 동양이 서양의 영향으로부터 벗어나는 것을 목격하기 위하여 신경을 방문하였고 건축양식, 중동철도의 폐쇄 그리고 러시아인들의 흔적이 사라짐을 통하여 직접 확인하게 된다.

유진오가 가졌던 또 다른 문제의식 즉 조선인에 기반을 둔 조선적 특수성을 견지하는 문제는 소설 「남곡선생」에서 잘 드러난다. 작중인물 수동은 자유주의를 정신적 기반으로 하는 서구 근대의 자본주의와 개인주의에 입각한 생활방식을 내면화하면서 살아가는 인물이다. 개인의 자유가 그를 지탱해주는 내적 윤리인 것이다. 과거 유교에서 말하던 도의라든가 예같은 것은 현대 사회에서 지키기 어렵다고 생각한다. 그렇기 때문에 전통적인 도의와 예를 강조하는 한의사인 남곡선생에 대해서는 귀찮아하는 편이다. 남곡선생은 과거 유교가 가르쳐 주었던 예를 지키면서 살아가는 인물이기 때문이다. 그의 아버지와 수동 자신은 서구 근대의 자유에 점차 적응해나가면서 살아가는 인물이기 때문에 남곡선생과 잘 부합되지 않았다. 하지만 수동의 딸이 아팠을 때 양의의 여러 처방으로 잘 낫지 않자 명의로 소문난 남곡선생을 찾는다. 아내의 성화를 이기지 못하여 남곡선생을 방문했을 때 그동안의 격조와 예를 차리지 못한 것을 질책받자 자신의 딸이 아프다는 사실마저도 말하지 못하고 돌아온다. 예를 지키려는 남곡선생은 수동이 방문한 이유를 알아차리고 방문하지만 허탕만 쳤다. 그리고 귀가하던 중 비에 젖어 감기에 들고 그 길로 자리에 눕는다. 남곡선생은 의식이 없는 상황에서도 약을 지어 준다. 그 약 탓인지 아니면 양의들의 여러 노력 끝의 소산인지는 모르지만, 딸이 낫게 되자 수동과 그의 아내는 앞으로는 절대로 예와 도의를 잃어서는 안 된다고 결심한다. 회사와 일상의 일 때문에 남곡선생 댁을 예방하지 못하고 미루다가 갔을 때 남곡선생은 이미 이 세상의 사람이 아니었다. 의식이 혼미한 상태에서도 수동 딸의 처방을 위해서 정신을 모아 처방전을 내줄 정도로 인간에 대한 예의를 갖추려고 한 남곡선생과는 달리. 수동은 회사의 일과 개인적인 일 때문에 시간을 놓쳐 결국은 남곡선생에게 고맙다는 말을 하는 예를 놓치고 만다. 서구 근대의 자유에 매몰되어 동양의 예를 잊고 사는 우리 자신에 대한 반성을 촉구한다. 이 소설에서 한의와 양의의 대립은 결코 큰 의미를 갖지 않는다. 중요한 것은 서양의 자유와 동양의 예 사이의 대조이다.

유진오는 조선인이 갖는 특수성을 통하여 동양을 새롭게 부흥해야 한다는 이중의 과제를 이 작품을 통하여 실현하려고 한 것이다. 그런 점에서 「신경」과 「남곡선생」은 이 시기 유진오가 갖고 있던 지향 즉 조선적인 것의 특수성을 견지하면서 동양의 가치를 창조하여 일본문화를 풍부하게 해야 한다는 이중의 과제를 실천적으로 보여준 것들이다. 유진오의 '내선일체'가 동질성이 아닌 이질성에 기초한 것임을 아주 분명하게 읽을 수 있다. 즉 유진오는 '내지화'에 기반을 둔 이광수, 장혁주의 동화형 친일 협력이 아닌 혼재형 친일 협력임을 분명하게 읽을 수 있다.

여기서 아주 명확하게 밝혀야 할 것은 조선적인 것에 대한 유진오의 구체적 이해이다. 유진오는 조선적인 것을 조선인의 문제로 보았지 결코 조선의 지역으로 보지 않았다는 점이다. 조선의 역사적 문화적 풍토에서 조선인의 종족이 나온 것이기는 하지만 핵심적인 것은 조선인이라는 종족이지 풍토가 아니라는 것이다. 이 점은 조선적인 특수성을 조선인이라는 종족성보다는 조선반도라는 지역적 풍토에서 찾는 최재서의 태도와 매우 다르다. 유진오의 이러한 태도를 속인주의적 혼재형이라고 부를 수 있다. 유진오의 이러한 태도는 좌담에서 잘 드러난다. 하지만 유진오는 '내지인' 출신과 조선인 출신 사이의 차이를 강조하였다.

> 여기서 조선문학에서의 내지인 작가의 지위라 할까 이상적 자세라 할까 하는 것에 관하여 생각해 본다. 조선문학이라고 말하면 반도인의 생활이나 감정 등을 주제로 한 것이 주류를 이룬다고 할 수 있겠는데, 宮崎 씨나 久保田 씨에게서 이미 보아온 바와 같이 그런 일은 내지인 작가에게 역시 어려운 문제라고 하겠다. 그런데 조선에서의 내지인의 생활이라고 하는 것이 이들 작가의 주요한 제재가 되고 있지 않느냐 생각되지만, 그렇다면 이들 작가는 언제까지 이런 '조선에서의 내지인'이라고 하는 국한된 세계에 머물러 있을 것인가 하는 의문이 생긴다. 아마 그럴 필요도 필연성도 없을지도 모른다. 다시 말하면 그들에게 조선은 중앙으로 진출하기 위한 발판일 것이다. 그것도 결코 나쁘다고 할 수는 없겠으나, 그렇게 되면 그들 작가의 문학을 과연 조선문학이라고 불러야 할 것인가

> 하는 것이 문제가 된다. 아마 그저 '조선 재주의 작가'로 되지 않겠는가? 더욱 극단적으로 말하면, 작가로서의 제 구실을 하게 될 때, 그들은 주거까지 중앙으로 옮기지 않을까? 그 정도까지 되면 이젠 '조선문학'이고 아니고가 없다. 이런 이야기는 지금으로선 공론 같기도 하고 또한 상당히 설득력이 없는 논의이기도 하겠지만, 하여튼 반도인 작가의 경우에는 비록 중앙으로 진출한다손 치더라도, 조선의 땅과 어찌해서든 맥을 끊을 수 없는 숙연을 갖고 있는 터이므로, 조선 재주의 내지인 작가들과는 끝까지 갈 길이 다르리라 생각되어, 여기서 잠깐 언급한 것뿐이다.[7]

'내지인'들이 조선에 있는 잡지에 작품을 발표하지만 결국 그것은 조선문학이 될 수 없고 조선재주의 내지문학에 불과하다는 것이다. 이에 반해 조선인 출신 작가들은 동경문단서 일본어로 작품을 창작해도 결국 조선문학일 수밖에 없다는 것이다. 김사량과 장혁주의 문학은 조선인문학이라는 것이다. 실제로 이러한 생각은 유진오가 장혁주와 나눈 대담 「조선문학의 장래」(『문예』, 1942.2)에서도 여실히 드러난다. 최재서가 주관하던 『국민문학』 잡지에 가장 많은 시를 발표하였던 사토 기

---

7 『국민문학』, 1942.11.

요시 같은 이들은, 유진오가 보기에는, 조선문학이 될 수 없다. 유진오의 속인주의적 혼재형의 친일 협력은 이 시기에 매우 공고하게 굳어졌는데 대동아문학자대회 이후에 한층 구체화된다.

3. 조선을 통한 동양의 부흥

대동아문학자대회에 가장 열심히 참여한 이가 유진오이다. 조선적인 것을 통한 동양의 부흥을 '내선일체'의 핵심적인 내용이라고 보았던 유진오로서는 대동아문학자대회야말로 자신의 뜻을 확인하고 펼칠 수 있는 무대였다. 중국 작가들이 참여하는 이 대동아문학자대회야말로 과연 동양이 부흥할 수 있는가 또 한다면 어떻게 가능할 것인가를 가늠할 수 있는 자리라고 판단하였다. 또한 자신이 행하고 있는 조선문학이 이 과정에서 어떤 역할과 모습을 가질 것인가도 질문할 수 있는 공간이 바로 대동아문학자대회이기 때문에 열심히 준비해서 참가한 것으로 보인다. 이광수와 최재서가 각각 1회 대회와 2회 대회에 참가한 것과 달리 유진오는 1942년 11월의 제1회 대회와 1943년 8월의 제2회 대회에 빠짐없이 참가한 데서도 그 열정을 확인할 수 있다.

속인주의적 혼재형의 친일 협력을 하였던 유진오는 1942년 제1회 대회에서 자신의 주된 관심사인 조선적 특성을 통한 동양의 부흥이란 주제에 대해서 열정적으로 발표한다. 아주 제한된 시간의 제약에도 불구하고 유진오는 자신의 이야기를 조리있게 하였다. 이 대회에서 유진오가 한 연설의 제목은 역시 「대동아 정신의 강화 보급에 대하여」이다.

> 지금 우리들이 여기에서 대동아정신 수립 및 강화 보급에 관한 의견을 나누고 있다고 하는 것은 즉 지금까지 대동아정신이 서양의 유물적 정신으로 인해 어두워져 있었기 때문이라고 생각합니다. 이제야말로 우리들은 그 어두워진 대동아정신의 흐림을 완전히 제거하지 않으면 안 되는 단계에 들어서고 있는 것입니다. 어떻게 하면 그 정신의 흐림을 완전히 제거할 수 있을까, 그것은 방금 전부터 여러분들이 의견을 개진해 주신 것처럼, 대동아의 문화를 선양(宣揚)하는 것이며 그것을 위해서는 한편에서는 나가요 선생님으로부터 말씀이 있으셨던 것처럼, 동양 고전을 연구하여, 동양 고유의 정신을 연구하는 국제적인 기관을 만드는 것과 같은 것도 굉장히 필요할 것입니다. 다른 한편으로는 이러한 동양의 정신을 현대에 되살려서 발전시켜야 한다는 점입니다. 영미의 식민지에 대한 우민정책 따위를 격멸하여, 동아 10억 민중에게 문화를 철저

히 전파하는 것과 함께, 더욱 근본적으로는 팔굉일우의 일본 건국 정신을 10억 민중에게 철저하게 가르치는 것입니다. 그것을 위해서 일본어를 보급하는 것이 굉장히 필요하지 않을까 하고 생각합니다. (박수) 적어도 대동아 건설에서 일본어가 국제어로써 발화되고 각국 민족이 일본문학을 모범으로 삼아 연구하지 않으면 안 된다고 생각하고 있습니다. (박수) 일본정신의 현현(顯現)이라는 차원에서 살아있는 실제 예로 조선반도에서 행해지고 있는 문화향상의 현재 실정에 대해서 한 말씀 올리고자 합니다. 하나의 예를 들자면 30년 전에 조선반도 민중 대다수는 문맹 상태에 있었습니다만, 교육 제도의 급격한 확장과 함께, 이제는 가까운 장래에 의무교육 제도의 시행을 바라보는 단계에까지 이르고 있습니다. 국어 즉 일본어 해독자 수를 말씀드리면 전 인구의 1할 5분이 이미 일본어를 해독하고 취학 연령 이상의 사람으로 보자면 6할 5분에 달하고 있는 상태입니다. (박수) 더욱이 반도의 전통적 정신, 전통적인 문화의 아름다움을 발양한 것은 실로 내지의 선각자 여러분들입니다. 그리하여 반도 문화는 급격하게 흥륭하여, 쇼와 19년도 징병제도 실시를 통해 실로 그 완성에 들어서려는 단계라고 하겠습니다. 방금 전 격렬한 확신을 피력한 가야마 선생의 확신은 그러한 일본정신을 반도에서 강화 보급한 30년간의 결정을 말해주고 있는 것입니다. 지금 말씀드린 반도의 살아있는 실 예는 그대로 된다고 보기는 힘들지만, 대동아정신의 강화 보급에 대해 살아있는 예로써 참고가 될 것이라고 확신합니다. (박수)[8]

유진오는 황도 대신에 팔굉일우를 강조하였다. 일본정신보다는 대동아정신을 우선하고 있다. 이는 같은 대회에서 이광수가 황도와 일본정신을 강조한 것과 매우 대조된다. 혼재형 친일 협력이 동화형 친일 협력과 다른 점을 여기서도 확인할 수 있다.

유진오는 동경에서 열린 제1회 대동아문학자대회를 다녀온 이후 자기 생각을 한층 더 발전시켜 나갔다. 아마도 대동아문학자대회에서 만났던 다른 지역의 작가들과의 소통을 통하여 자기 생각을 한층 다듬었던 것으로 보인다. 특히 동양의 부흥은 앞선 시기에 비해 한층 강화되었다. 1943년 1월 9일부터 『매일신보』에 연재한 「동양과 서양」은 그의 동양론의 핵심을 보여주는 글이다. 당시 친일 협력한 다른 논자들의 동양론이 구체적 내용을 결여하여 선동성만 강한 것과 달리, 유진오의 동양론은 오늘날 읽어도 부분적으로 적실함을 갖고 있을 정도로 진지하다.

---

8 『대동아』, 1943.3.

돌이켜보건대 서양에 대하여 동양이라는 것이 있느냐 없느냐 하는 것은 그렇게 자명한 문제가 아니라 바로 요 몇 해 전까지 학자들 사이에 여러 가지로 논의가 반복되던 문제다. 저명한 동양사상사의 전공가인 쓰다 소우키치(津田左右吉) 씨가—즉 누구보다도 먼저 동양의 존재를 주장하여야 될 입장에 있는 이가 도리어 이를 부정하여 서양과 본질적으로 구별될 수 있는 동방이라는 것은 존재치 아니한다고 주장하여 식자(識者)의 이목을 충동하였던 것은 기억에 새로운 바다. 동양과 서양의 구별을 부인하다니 그것은 웬 까닭인가. 동양이네 서양이네 하던 것을 지리학적 또는 인종학적 개념으로서가 아니라 한 문화적 범주로서, 또는 한 역사적 범주로서 파악하기 때문에 그런 입론(立論)도 나올 수 있는 것이다. 지도를 펴보면 동양과 서양은 해륙 수만 리의 거리로 멀리 떨어져 있고, 거리를 거닐면 요새는 대단히 드물어지긴 하였으나 그래도 간간이 추축국(樞軸國)측의 소위 서양사람들—우리들보다 키도 크고 몸집도 크고 한 벽안홍모(碧眼紅毛)의 사람들을 볼 수 있는 것이 또한 사실이니 쓰다(津田) 씨 같은 이도 무어 이러한 구분의 존재를 부인하는 것은 아니다. 동양이라는 것이 서양사를 논할 때에 으레 구별되는 원시 · 고대 · 중세 · 근대 등의 역사적 문화적 범주와 대립되는 한 범주를 구성할 수 있는가 없는가 하는 것이 그들의 문제의 대상인 것이다. 간단하게 말하면 서양정신이라는 것에 대하여

고유의 동양정신이라는 것이 있느냐 없느냐 하는 것이 논의의 초점인 것이다.[9]

서양과 다른 동양이란 본질주의적 접근을 거부하던 쓰다 소우키치의 동양론을 거론하는 것 자체가 유진오의 동양론이 단순히 시류의 선전에 휘말린 그런 종류의 것이 아님을 잘 말해준다. 일본의 동양사 연구에서 쓰다와 나이토의 논쟁은 아주 유명하다. 쓰다 소우키치(津田左右吉, 1873~1961)는 동양이란 통일적인 존재는 존재하지 않는다고 주장하였다. 과거 중국이 인도로부터 불교를 들어왔다고 해서 중국과 인도가 하나의 문화적 실체가 아닌 것처럼, 중국과 일본도 마찬가지라는 것이다. 중국은 자신의 신념 체계에 맞는 어떤 대목을 인도로부터 끌어들였고, 일본도 자신의 취향에 맞는 어떤 것들을 중국으로부터 받아들였기 때문에 같은 문화적 실체로 볼 수 없다는 것이다.[10] 이에 대해 나이토(內藤湖南, 1866~1934)는 근대 일본은 고대 중국의 문화적 유산을 이어받은 동양이라고 하면서 통일적인 동

9 유진오, 「동양과 서양」, 『매일신보』, 1943.1.9.

10 이 두 일본의 동양사학자 사이의 차이에 대해서는 江上波夫, 『東洋學 系譜』(大修館書店, 1992); 大井健輔, 『津田左右吉, 大日本帝國との對決』(勉誠出版, 2015); 스테판 다나카, 『일본 동양학의 구조』(문학과지성사, 2004); Joshua, Fogel, *Politics and Sinology*(Harvard University, 1984) 참고.

양의 실체를 주장하였다. 일본의 동양학자 사이에 이러한 시각의 차이를 알고 있다는 것은 유진오 자신 스스로 이 문제에 대해서 오랫동안 생각해왔고 이 시점에서 말해야 할 필요성을 느끼고 있었음을 말해주는 것이다.

유진오의 동양론은 당시 친일 협력을 하였던 다른 논자들의 동양론과는 매우 달랐다. 대부분 서양과 동양을 단순하게 대립시켜 논리를 펼치고 있었다. 심지어는 인종주의적 접근을 하는 경우도 많았다. 백인의 모든 것은 악이라고 보는 것 등이 그러하다. 서정주나 최정희 등의 작품에 나오는 서양관들은 다분히 단순화되어 있거나 혹은 인종주의적 색채가 짙었다. 하지만 유진오의 동양론은 나름의 자의식을 갖추고 있는 성찰의 산물로서 당시 다른 친일 협력 논자들의 그것과는 매우 큰 차이가 있다.

> 새 동양의 수립, 동아 문예부흥의 출발이 동양적 전통의 회고로부터 출발할 것임은 말할 것도 없다. 그러나 동시에 그것은 서양 근대정신의 붕괴라는 이 역사적 사실과의 관련 있어서 행해져야 한다. 그것은 동아 문예부흥이 구식의 양이배척(洋夷排斥) 같은 그런 것이 아니라 서양의 지양(아우프헤벤)을 의미하는 것이기 때문이다. 동아 문예부흥은 결코 기계적으로 서양을 말살하고 아국(我國)의 신대(神代)나 중국의 요순시대를 그대로 재현하자는 것

이 아니라, 이미 섭취한 서양의 문화를 동양적 정신으로써 다시 발전시키어 새로운 한 독창적 문화에까지 높이려는 것이다.[11]

아마도 이런 논지를 펼칠 수 있었던 것은 동경에서 열렸던 대동아문학자대회에서 얻은 자신감이었을 것이다. 일본을 비롯한 동아시아의 작가들이 참여한 이 회의에서 유진오는 참가자들이 말하는 이구동성의 발언 즉 서양을 지양하고 동양을 발견하고자 하는 노력이 넓게 공감대를 형성한 것으로 보고 이를 계기로 한층 더 동양론을 심화시키고자 했던 것으로 보인다.

제2회 대동아문학자대회에 참가한 유진오는 이 동양론을 한층 더 심도 있게 강조한다.

사실 저는 올해로 두 번째 이 대회에 출석합니다만, 일 년을 돌아보면 다시 내지에 오게 돼서 가슴에 사무치게 생각하는 것은 작년과 올해 대회에 커다란 변화가 있다는 것입니다. 그것은 전국이 바야흐로 결전 단계에 들어섰기 때문이기도 합니다만, 결전 단계에 들어섰다는 것은 결코 전선의 전투에서 얻은 감각만이 아닙니다. 모든 면에 대해서 말씀드릴 수 있다고 생각합니다. 보는 것, 들

11 유진오, 「동양과 서양」, 『매일신보』, 1943.1.13.

는 것 모든 것으로부터 결전의 긴장감을 뼈저리게 느끼고 있습니다. 방금 전부터 저는 만주국 중화민국 분들의 이야기를 듣고 영미 격멸의 결전태세는 우리 일본뿐만이 아니라, 이제는 전 동아에서 이미 확립된 것을 알았습니다만, 이러한 결전태세하에서 가장 중요한 것은 이 전쟁을 싸워 이기는 우리들의 마음가짐이며 정신이라고 생각합니다. 바야흐로 우리들은 영미의 문학자, 사상가들이 수백년이라는 긴 시간에 걸쳐, 그들의 정신생활의 근본으로 삼아온 '我'와 싸우고 이것을 완전히 불식시키지 않으면 안 됩니다. 그리하여 모든 것을 다 바치는 정신, 웅대한 '和'의 정신, 한마디로 하면 우리 일본에서 가장 순정한 형태로 보지된, 최고도로 발전된 동양 본래의 도의 정신으로 돌아가지 않으면 안 됩니다. 아니 우리들은 이미 돌아갔다고 생각합니다. 우리들의 마음은 이미 하나가 돼, 영미 격퇴를 위해 불타오르고 있습니다. 우리들 문학자의 임무는 이미 불타고 있는 정신을 훌륭한 문학작품으로 담아내는 것입니다. 곰상스러운 개인주의의 영미문학을 격퇴하여 웅대 장려한 동양의 예스럽고 새로운 문화를 창조하는 것이야말로 우리들의 사명입니다. 하지만 바로 이때 우리들이 강조하고 싶은 것은 자명한 것입니다만, 전쟁을 떠나서 문학도 문화도 없다는 것입니다. 과거 영미 문학자들은 정치와 무관계인 문학, 문화를 설파하여 우리들을 현혹했습니다만, 그것은 오류이며 위장인 것을 전쟁이 결전 단계에 돌입함에 따라서 점차로 노골적으로 나타나고 있습니다. 전쟁에 이기지 않고서 무슨 문화, 어떠한 문학이 있겠습니까. 이제 우리들은 어떻게 해서든 전쟁에 이기지 않으면 안 됩니다. 우리들 문학자는 갖고 있는 모든 것을 바쳐 이 결전에 승리하는 것만을 향해 가지 않으면 안 됩니다. 결전문학의 목표는 실로 이 한 가지에 있다고 생각합니다. 모든 것을 전쟁에. 이것이 결전문학의 이념입니다. 조선은 고래로 대륙의 문화를 그 자체 가운데 흡수하고 더욱이 그것을 내지에 전달하는 이른바 교두보 역할을 해왔습니다만, 이제는 거꾸로 황국 일본의 한 날개가 되어, 일본정신, 일본문화를 거꾸로 아시아 전역으로 전달하는 사명의 일단을 지고 있습니다. 이것을 전할 수 있는 것은 우리들의 큰 기쁨이며 또한 영광으로 생각합니다. 우리들에게 그러한 사명에 대한 최후의 확신을 전해준 것은 이번 8월부터 드디어 조선에서 시행된 징병제도입니다. 징병제도로 조선의 젊은 청년들은 황군의 일원으로 결전 하 일본의 국방 일대를 짊어지고 일어난 것입니다. 이것으로 종래 조선의 모든 문제에 대한 종지부가 찍혔습니다. 반도 2천 5백만 동포는 이 중대한 책임과 영광을 자각하고 흥분과 감동의 폭풍에 휩싸여 있습니다. 이것으로 조선의 결전태세도 최후의 완성이 이뤄졌다고 말씀드릴 수 있습니다. 조선의 문학자도 이러한 자각 하에 일본문학의 일익으로 결전문학의 추진에 정신(艇身)하려고 합니다.

전쟁이 심각한 단계로 악화되는 것을 염두에 두고 쓴 결전의식만 빼면 모두 동양론에 관한 것이다. 이는 제2회 대동아문학자대회에 참가한 후에 유진오가 쓴 글 「부상견문기」에서 확인할 수 있다. 대동아문학자대회에 참여한 유진오가 가장 강하게 받은 인상은 자기가 사는 시대가 인류사의 전환기라는 점이다. 비록 동남아 작가들이 참여하지는 않았지만 일본 작가가 대독한 동남아 지역으로부터 온 축사들을 들으면서 세계가 이전과 현저하게 달라지고 있다는 점을 확인했을 것이다. 자기가 참여한 이 대회를 비롯하여 이 시대를 '인류역사의 전환기'라고 불렀다. 세계사적 격변기라고 보았던 것은 미국과 영국 중심의 세계질서가 위기에 놓이고 그동안 변방에서 겨우 생존하기에 급급하였던 나라들이 부상하고 있기 때문이다. 서양의 몰락과 동양의 부상이 이루어지는 시대에 살고 있기에 인류역사의 전환기에 살고 있다는 인상을 받게 되는 것이다. 서양 주도의 역사에 반기를 들고 동양의 가치를 새롭게 현대에 살리는 것을 중일전쟁과 태평양전쟁의 핵심으로 보았던 그로서는 당연하기도 하였다.

> 발회식으로부터 폐회에 이르기까지 나의 인상에 가장 깊은 감명을 남겨준 것은 발회식 석상에서 中島健藏 씨가 이번 대회에 시

일 관계로 참석치 못한 남방 제 지역의 축전을 낭독하던 순간이었다. 그 축전들의 내용이 열렬하였다는 그 사실보다도 필리핀, 인도차이나, 태국, 버마(미얀마), 말레이, 하와이 등등 연달아 여러 지방 여러 나라의 이름이 나오는 것을 듣고 있는 동안에 나는 문득 우리나라가 지금 필사의 노력을 경주하여 건설 중인 대동아공영권의 규모가 과연 장대하다는 것을 새삼스레 느낀 것이다. 지도와 신문기사 등에서 우리들은 이 지역들의 이름을 날마다 듣고 보고 있는 것이나 실지로 그 지방에서 온 소리를 듣는 것은 또한 다른 감명을 주는 것이었다. 어느 결엔가 우리는 이 지역들을 심상하게 부르게 되었고 입을 열면 금시로 동아 십억 민중 운운하지만 다시 가만히 그 지역의 넓이와 인구의 수효를 생각해본다 하면 누구나 이번 전쟁이 과연 인류 유사 이래 처음 보는 대규모의 것이라는 것을 절감하지 않고는 못 배길 것이다. 우리가 어렸을 때 귀가 젖도록 듣던 쿠빌라이라든가 비스마르크라든가 나폴레옹이라든가 하는 이름은 이미 완전히 지나간 시대의 것이 되고 말았다. 글자대로 우리는 지금 인류역사의 전환기를 살고 있는 것이다.[12]

이 시기 유진오는 동양론을 역설하였지만 더불어 조선적 특

12 유진오, 「부상견문기」, 『신시대』, 1943.10.

수성을 강조하였다. 조선적인 것을 통한 동양의 부흥이 그의 핵심 사상이었기에 이 둘은 항상 함께 거론되었다. 조선적인 것에 바탕을 둔 정신적 가치를 창조하여 일본문학에 이바지를 할 가능성을 찾고자 했던 그의 독특한 협력의 논리는 대동아문학자대회 이후 동양의 부흥을 강조할 무렵에도 절대 약화되지 않았다. 제2회 대동아문학자대회가 결전대회라고 이름될 정도로 심각한 상황임에도 불구하고 유진오의 종족적 이질성의 논리는 절대 흔들리지 않았다. 이는 일본의 관서여행을 바탕으로 일본의 기후와 땅을 입이 마를 정도로 칭찬한 후 행한 다음의 발언에서도 잘 드러난다.

> 내지의 기후풍토와 아담한 경치를 부러워하는 나머지 황량소조한 조선의 풍경을 타매해버리는 것은 조계다. 황량한 풍토에는 또 그 독특의 미가 있고 준렬한 기후에는 또 그 특유의 기백이 있는 것이니 그럼으로써 도리어 우리는 내지에서 볼 수 없는 독특한 정신적 가치를 창조하여 일본문학에 새로운 기여를 할 수 있는 가능성을 갖고 있는 것이 아닌가. 과연 이러한 기여를 할 수 있는가 없는가 — 그것은 오로지 이곳 문화인들의 능력과 노력의 문제일 것이다.[13]

13 위의 글, 93쪽.

일본 관서 지역의 풍토에 비해 조선의 풍토가 다르다는 것을 힘껏 주장하고 오히려 이러한 특수성을 "내지에서 볼 수 없는 독특한 정신적 가치를 창조하여 일본문학에 새로운 이바지를 할 가능성"을 읽었다. 그런 점에서 비추어 볼 때 유진오는 조선적인 것을 통한 동양의 부흥이야말로 진정한 일본문학과 문화의 건설이라고 하였던 자기의 일관된 관점을 줄곧 유지하였음을 알 수 있다.

4. 학병 동원과 조선적 특수성의 유예

동화형 친일 협력을 하였던 이광수, 장혁주와 달리 속인주의적 혼재형의 친일 협력을 하였던 유진오는 조선의 독자성을 유지하면서 동양을 부흥하는 것이야말로 진정한 '내선일체'라고 생각하고 이에 매진하였다. 특히 두 차례에 걸쳐 참가한 대동아문학자대회를 통하여 자신의 신념을 더욱 구체화시켰다. 학병이 시작되는 최후기에 이르러서도 자기의 생각을 계속 유지하였다. 그럴 수 있었던 것은 동양의 부흥을 위해서는 서양의 압력에 굴하지 않고 맞서 싸워서 이겨야 한다고 생각했기 때문이다. 그러므로 유진오 역시, 다른 친일 협력의 문인들처

兵役은 곳힘이다

兪鎭午

럼, 학병을 독려하는 글을 썼다. 『매일신보』에 발표한 「병역은 곧 힘이다」는 그 대표적인 글이다.

1944년 들어서면서 전쟁이 격화되고 일본이 더욱 수세에 몰리면서 유진오의 전쟁 동원은 한층 강화된다. 이 무렵 가장 중요한 것은 전쟁에서 이기느냐 지느냐 하는 것이기 때문이다. 1944년 중반 이후 유진오의 글쓰기는 주로 전쟁에서 어떻게 하면 승리할 수 있는가로 모아졌다. 1944년 8월 17일 조선문인보국회는 '적국항복문인대강연회'를 열었다. 이 대회에서 유진오는 이광수, 주요한, 김팔봉 등과 함께 연설하였고 이를 『신시대』 9월호에 게재하였다.

> 대동아 전쟁은 벌써 마지막 단계에 돌입했습니다. 대동아 전쟁은 이미 3년, 지나사변 이래로는 7년, 아니 미·영이 동아의 침략을 시작한 것으로 치면 이미 수세기에 이른 오랜 싸움의 최후의 막이 이제 막 내려지려고 합니다. 참으로 역사적으로 숨막히는 순간입니다. 중대한 순간입니다. 그리하여 전쟁의 귀추는 이미 명확해졌습니다. 침략자와 자기 방위자의, 정의롭지 못한 자와 정의로운 자, 세계 제패의 야망을 좇는 자와 인류상애(人類相愛)의 이상에 불타는 자의, 한 마디로 말하면 악마와 신의 싸움인 것입니다. 정의는 태양 같고 사악(邪惡)은 먹구름 같은데 결코 먹구름은 태양의 적수가 될 수 없습니다. 우리는 정의로움으로 정의로운 자로 일어설 때 그 승리는 명확한 것입니다.[14]

서양과 동양을 악마와 신으로 비유할 정도로 그동안 유진오가 견지하였던 동양과 서양에 대한 합리적이고 이성적인 판단은 절박한 전쟁 앞에서 악화되었다. 앞서 보았던 것처럼 유진오는 동양과 서양을 단순화하여 이해하는 것을 비판하면서 역사적으로 차분하게 해석하였다. 서양의 단순 부정이 아니고 서양의 지양이란 차원에서 세계사의 전환을 보려고 하였다. 그런

14 『신시대』, 1944.9.

데 이 시기에 오면 그러한 냉철함이 사라지고 서양을 악마로 보는 단순함의 나락에 떨어졌다.

결전기의 이러한 유진오의 모습을 확인할 수 있는 것 중의 하나가 단편소설 「할아버지의 고철」이다. 국민총력조선연맹 기관지였던 『국민총력』 1944년 3월호에 실린 이 작품은 할아버지의 제사를 맞이하여 할아버지가 모아 두었던 고철 더미를 찾아 나라에 바친다는 이야기이다. 당시 일제는 전쟁에 사용하기 위하여 온갖 철 부스러기를 모으는 캠페인을 벌였는데 이에 호응하기 위하여 만들어진 작품이다. 궁극적으로 전쟁에서의 승리를 바라는 마음을 표현한 것이다. 이전 시기의 작품인 「신경」이나 「남곡선생」이 보여주었던 깊은 세계를 여기서는 거의 찾아보기 어렵다. 상황이 긴박해지면서 유진오 자신도 전쟁 승리 앞에서 자신의 이론적 탐색을 유예시켰던 것이다.

물론 이 시기에도 유진오는 황도 등에 빠지지 않음으로써 다른 친일 협력의 문인들과는 여전히 다른 점을 보여주었다. 비록 전쟁의 승리라는 과제에 매달려 모든 것을 여기에 바치기는 하지만 여전히 자신이 견지하였던 조선적 특수성을 견지한 동양의 재건이라는 목표를 이상으로 간직하고 있었다. 단지 전쟁이 가열되면서 이런 가치 자체를 지키기 위해서라도 전쟁에 이겨야 한다고 판단하고 전쟁 승리를 고취했을 뿐이다. 이 점이 다른 작가와 다른 점이라면 다른 점이라고 할 수 있을 것이다. 최재서가 이 시기에 이르러 창씨개명을 하면서 이전의 자기 생각을 바꾸어나가는 것을 고려할 때 유진오의 이런 모습은 분명 다른 것이라고 할 수 있다. 하지만 유진오 역시 역사의 굴레 속에 말려들어 헤어나지 못하고 말았다.

유진오는 해방 직후 문인의 모임에 나가기도 했지만 다른 작가들의 반발이 심하자 이내 포기하고 만다. 자신은 조선적인 것을 통하여 동양의 부흥만을 희망했기에 다른 친일 작가와 달리 일제에 협력하지 않았다고 아전인수 식으로 해석하였기에 나갈 생각을 했던 것으로 보인다. 하지만 협력하지 않은 동료 작가들의 눈은 냉엄하였다. 문단의 차가움을 감지하고서는 모든 문학적 활동을 포기하고 법학 관련 분야에서만 활동하였다. 아마도 일제 말 자신의 친일 협력 행위가 현실에서 실패한 것을 보고 자기 식으로의 응당한 책임을 지는 일이었으리라고 생각한다. 문학을 포기하는 것이 자신의 행위에 대한 반성과 책임을 다하는 것이라고 생각하였을 것이다.

4장

속지주의적 혼재형 친일 협력 : 최재서

1. 근대 초극과 지역적 이질성의 '내선일체'론

최재서가 친일 협력의 길에 들어서게 되는 과정은 앞서 세 작가와는 다소 다르다. 이광수, 장혁주 그리고 유진오가 친일 협력에 나선 결정적 계기는 무한삼진 함락이었다. 중국을 조선 독립의 중요한 기지로 생각하였기에 일본의 중국 함락은 이들에게 큰 충격이었다. 조선의 독립이 불가능하다고 그냥 주저앉을 수는 없다고 생각한 이들은 자신이 펼쳐오던 궤적을 바꾸어 '내선일체'의 이념을 받아들이기 시작하였다. 동화형이든 혼재형이든 관계없이 '내선일체'가 그동안의 차별을 없애줄 것이라고 간주하면서 환영하였다. '내선일체'가 구현되면 조선인들도 어엿한 일본 제국의 국민이 될 것이며 더는 차별 대우가 없을 것이라고 판단하였다. 그런 점에서 이들에게 무한삼진의 함락은 결정적 계기라고 할 수 있다.

최재서는 무한삼진의 함락이 갖는 각종 선전에도 불구하고 동요하지 않았다. 서구의 근대가 튼튼하게 존재하면서 굴러가는 한 동아시에서의 이러한 사변은 큰 의미를 가지기 어렵다고 보았을 것이다. 영문학을 통하여 유럽을 이해하고 근대를 조망하였던 최재서로서는 너무나 자연스러운 반응이라 할 수 있다. 일본 제국 역시 이러한 서구 근대를 모방한 것이기 때문에 일본의 중국 제패가 큰 의미를 가지기 어렵다고 보았을 것이다. 서구 근대 사회의 변동이 없는 한 동아시아에서의 이러한 변화는 일시적인 것에 지나지 않을 것이라고 최재서는 판단하고 있었던 것 같다. 다른 친일 협력의 길에 나선 문학인들이 요란하게 움직이고 있을 때 최재서는 그 어떤 유별난 반응을 보이지 않았다.

하지만 1940년 6월 파리가 독일에 의해서 함락되자 생각을 완전히 바꾸게 된다. 서구 근대가 종말을 고한 마당에 자신의 생각을 근본적으로 재고하기 시작하였다. 그가 찾은 것은 일본 제국이 선전한 신체제론이었다. 그동안 지속되어온 자본주의와 공산주의 모두는 근대 서구의 잔재에 지나지 않기 때문에 이를 초극하는 새로운 체제를 열어야 한다는 것이다. 새로운 세계관을 받아들인 최재서는 파리 함락 직후 '내선일체'를 적극적으로 받아들였다.

파리 함락을 계기로 구체제가 종말을 고했고 이제 새로운 체제가 도래하고 있다는 역사적 예감을 표현한 작가는 비단 최재서에 국한되지 않는다. 이 시기의 신체제론에 대해서 공감을 표현하면서 식민주의에 협력하였던 채만식의 경우도 비슷한 정신적 전환을 경험한 경우이다. 하지만 최재서가 채만식과 다른 것은 근대의 특징을 다르게 보고 있다는 점이다. 채만식은 근대의 가장 큰 특징으로 자본주의를 든다. 자본주의의 극복이란 문제의식을 느끼고 있던 채만식에게 신체제란 것은 바로 자본주의 자체를 극복할 수 있는 대안으로서의 전체주의였다. 물론 자유주의에 대한 문제의식이 없었던 것은 아니지만, 그것은 부차적이었다. 하지만 최재서는 자본주의에 대한 극복이 아니라 자유주의에 대한 극복으로서의 근대 극복을 생각하고 있었다. 그러므로 많은 지면을 자유주의와 개인주의에 대해서 할애하면서도 자본주의의 폐해에 대해서는 이렇다 할 언급을 하고 있지 않은 것이다.

채만식과 달리 최재서가 자유주의의 극복으로서의 근대 극복을 이야기한 것은 그 이전 자신이 가졌던 문제의식의 연장선상에서 나온 것이다. 1930년대 중반 이후 최재서가 당면했던 문제는 침몰해가는 근대를 어떻게 구해낼 수 있는지였다. 근대 자유주의의 문제점이 심각하게 노출되는 상황을 겪으면서 이를 극복할 수 있는 대안에 비평적 사유를 집중하였다. 시인 엘리엇과 소설가 토마스만을 주시하였던 것은 그들이 이러한 근대 시민 사회 내에서 문제점을 극복할 수 있는 사유를 진행하고 있는 문제적인 작가였기 때문이다. 특히 가톨릭에 경도하던 엘리엇보다 근대 서구 시민사회의 내재적 비판을 통한 새로운 사회의 건설을 도모하였던 토마스 만에 더 많은 관심을 경주했던 것 역시 바로 이러한 문제의식에서 나온 것이다.

1935년 파리에서 열렸던 지식인 대회를 특기하였던 것 역시 이러한 문제의식과 떼어놓고 생각할 수 없다. 파시즘의 진군에 맞서 새로운 대안을 마련하고자 구미의 지식인들이 모였던 이 회의를 소개하였고 또한 이 회의에서의 토마스만의 발언에 대해 큰 흥미를 느꼈던 이 무렵만 하여도 최재서는 국가주의는 근대 자유주의의 대안이 될 수 없다고 믿었다. 오히려 국가주의의 파시즘이 가져올 수 있는 위험성을 감지하고 있었다. 그러다가 갑작스럽게 국가주의로 경도하게 된 것은 역시 파리 함락이라는 역사적 사건이 준 정신적 충격 때문이다. 구미 자유주의의 최후의 보루라고 믿었던, 한때는 유럽의 지식인들이 국가주의에 맞선 자유주의의 새로운 대안을 찾기 위해 모이기도 했던 유럽의 심장 파리가 함락되는 것을 보면서 최재서는 더 이상 근대 자유주의에 기대를 할 수 없다고 생각하였던 것으로 보인다. 그런 점에서 이러한 정신적 전환은 급작스러운 것이기도 하지만 최재서의 정신적 궤적에 비추어 보면 우연적인 것이라고 볼 수 없다.

> 조선문학의 혁신은 신체제(新體制) 이래의 일로서 결코 그 역사가 오래라고 말할 수 없다. 그럼에도 불구하고 그 혁신의 모습은

정말 눈부신 것이어서, 그런 점에서는 내지(內地)의 문단보다 한 발 앞서 있다고 말하는 것도 무리가 아니라 생각한다. 그러면 그 혁신은 어떤 단계를 거쳐 오늘에 이르게 되었던가? 만주사변(滿洲事變)이 일어났을 때에도 또한 지나사변(支那事變)이 일어났을 때에도 그처럼 충격을 받지 않았던 조선문단이 소화(昭和) 15년 6월 15일 파리 함락의 소식을 듣고 비로소 깜짝 놀라 반성의 빛을 드러냈던 것은 부끄러운 이야기지만, 다른 한편 조선문학을 말하는 것으로 재미있는 이야기가 아니겠는가? 파리의 함락은 이른바 근대의 종언을 뜻하는 것으로, 최근 오로지 유럽문학의 유행만을 쫓았던 조선문학은 처음으로 새로운 사태에 눈을 뜨게 되었다고 해야겠다. 특히 모더니즘의 경향을 쫓아왔던 시인들에게 심각한 반성의 기회를 주었고 비평가들로 하여금 더욱더 모색에 광분토록 했던 것이다.[1]

파리의 함락을 프랑스 혁명 이후의 서구 전체의 몰락이라고 보는 최재서와 달리 단지 유럽의 위기일 뿐이고 서구의 역사적 전통에 이어져 있는 미국에서는 근대의 유산이 다른 방식으로 전수되어 나가고 있다고 본 사람들도 있었다. 파리 함락은 어

---

1 최재서, 「조선문학의 현단계」, 『친일문학선집』, 실천문학사, 1989, 364~365쪽.

디까지나 유럽의 위기일 뿐 서구 전체의 위기는 아니라고 보았던 사람들은 미국에서 새로운 가능성을 읽고 있었기 때문에 그렇게 민감하게 반응을 하지 않았다. 하지만 최재서는 파리 함락을 곧바로 서구의 위기라고 보았기 때문에 깊은 절망에 빠지게 되었다. 사회주의에 대해 불신하였던 최재서가 미국을 시야에 넣지 않았을 때 선택할 수 있는 것은 결국 근대 자유주의의 포기이며 이의 대안으로서 국가주의였다. 또한, 자유주의가 암암리에 전제하고 있었던 세계주의의 포기이다.

1930년대 중반 이후 최재서가 심취하였던 서구 근대의 위기에 대한 탐색은 결국 국가주의로 귀결되었다. 그 자신이 몸담았던 이러한 지적 흐름에 대한 다음과 같은 자기비판은 그가 친일 협력을 한 것이 결코 외부의 물리적 억압 때문에 이루어진 것이 아닌 어디까지나 자발적인 것임을 명확하게 보여주고 있다.

> 우리가 유럽으로부터 전해온 문학 위기의 소리를 최초로 들었을 때 우리는 사태를 바르게 인식했다고는 말할 수 없다. 마치 천둥소리에 겁을 내는 어린아이와 같이 그 정신적 효과를 받은 것만으로 그 객관적 실체에 대해서는 자타 공히 명확한 인식을 갖지 않았다고 하는 것이 사실이다. 즉 우리는 유럽의 문화가 한둘의 독재자의 반달리즘에 의해서 위협받고 있다고 말하는 지극히 단순한 해

석을 하고 있었을 뿐이다. 우리에게 문화의 위기를 들려준 사람들이 대부분 영불 계통의 평론가나 작가였던 것을 생각하면 이것은 오히려 당연한 것으로 수긍될 수 있는 것이다. 현재에 있어서도 아니 사태가 그 절정에 달한 현재에 있어서야말로 이런 류의 해석은 영미 저널리즘에 있어서 지도적이라는 사실을 알아야 한다. 그러나 전후 10년간 직접 체험으로 겪어온 비상시 체험을 통해서 우리는 이것과는 다른 해석을 가지게 되었다.[2]

최재서가 파리 함락을 목격하면서 국가주의자로 전환한 것은 이미 내적으로 축적되어온 서구 문명의 위기에 대한 깊은 고뇌가 작용했다는 점에서 결코 우연이라고 할 수 없다. 위기를 타개하려는 내적 노력이 파리 함락을 계기로 하여 극적인 전환을 한 것이다. 그러므로 그 방향전환이 극적이기는 하지만 그 내적 연속성이 이미 존재했다는 점에서 우연이라고 말하기는 어려운 것이다.

독일이 프랑스를 이기는 것을 목격하면서 최재서가 가장 충격을 받은 것은 국가주의가 세계주의를 능가한다는 사실이다. 독일은 개개인이 아니라 국민 전체를 하나로 묶는 강한 힘을

2 최재서, 「문학정신의 전환」, 『전환기의 조선문학』, 인문사, 1943, 14쪽.

가지고 있고 이를 국민문화로 제도화하는 반면, 프랑스는 개인주의에 기초하여 국가를 넘어선 세계주의를 표방하였기 때문에 결국 패할 수밖에 없다는 것이다. 그리하여 그동안 자신이 암암리에 내면화하고 있던 세계주의를 비판하면서 국가주의에 강한 기대를 하게 된다. 국가주의에 기초한 세계의 연합과 공존이야말로 근대 세계를 넘어설 수 있는 새로운 가능성의 세계라고 보고 있다. 최재서는 이것이 파리 함락에서 얻을 수 있는 교훈이라고 생각하였다.

> 파리의 함락은 많은 교훈과 동시에 많은 문제를 우리에게 제공해주었다. 프랑스는 그 문화가 극도로 발달했기 때문에 독일군에게 패배했다고 흔히 일컬어지고 있다. 그러나 이것은 피상적 관찰이라는 것은 부인할 수 없다. 문화의 발달이 국민을 약체화한다는 것은 사리에 맞지 않는 이야기로 역사적으로 증명되지 않는다. 예를 들면, 페리클레스 시대의 희랍, 엘리자베스 시대의 영국은 문화적으로 보아서 그 절정에 달했을 뿐만 아니라 국력에 있어서도 가장 충실해 있었다. 이치적으로 말해도 문화유산을 가지지 않은 야만인은 문명인보다도 전쟁에 강하다고는 말할 수 없다. 오히려 조국의 문화를 지키려는 자세에서, 이론을 초월한 전투력은 생겨날 수 있는 것은 아닐까? 따라서 프랑스의 패배는 그 원인을 다른 방

향에서 탐색해야 한다는 것을 암시하는 것이다. 즉 프랑스는 1790년의 혁명 이래 스스로 그 요람으로 변한 문화의 코스모폴리타니즘 때문에 문화의 국가성을 등한시한 것은 아니었던가? 그런 까닭으로 훌륭한 문화마저도 말발굽 아래 유린되는 비운에 빠졌던 것은 아닐까? 이것이 바른 해석이 아닐까 하고 생각해본다. 이리하여 문화의 옹호와 국가의 옹호는 다른 문제가 아니고 뗄래야 뗄 수 없는 관계라는 것을 우리는 프랑스의 비극에서 배웠다. 문화를 옹호하기 위해서 국가를 옹호한다고 하게 되면 어폐가 있지만 원래 양자는 동일한 것이니까 문화를 위해서라도 국가를 수호해야 하는 것이라고 주장하는 것이 지당할 것이다. 이것을 그렇지 않다고 생각한 것은 역시 19세기 코스모폴리탄니즘의 환상이었던 것이다. 국가적 기반을 벗어나야만 문화는 발달할 수 있는 것이라는 문화주의적 사고는 19세기적 환상으로 이번 대포소리에 날아가 버렸다.[3]

파리 함락에서 받은 그러한 교훈으로 하여 최재서가 얻은 것은 문화의 국민화였다. 이것은 결국 국민문학의 건설로 이어질 수밖에 없었고 이 시기 이후 그가 지향한 문학론은 국민문학

3 위의 책, 22~23쪽.

론이었다. 국민문학론을 수립하기 위해서는 비평가는 국책에 협력해야 한다고 하면서 이전과는 다른 비평관을 드러냈다. 관청이 시달하는 것을 그대로 받아 옮기는 그런 것과는 다른 방식으로 국책에 협력하는 것이 국민문학을 위해서 필요하다는 것이다. 문화적인 입장에서 국책을 소화하여 이를 선전하고 계몽하는 것이 국가주의 시대 비평가의 직분이라고 하는 것이다.

국가주의의 정당성에 대한 인식과 이에 기초한 비평가의 직분을 이야기한 것은 역시 국민문학론이다. 1941년 11월에 창간된 『국민문학』에 발표한 「국민문학의 요건」은 국민문학을 정식화하는 것이면서 이전부터 탐색해오던 국민문학론의 결정적 표현이다. 국민문학에서 가장 중요한 것은 국민의식인데 이것의 요체는 한 개인이 아니라 한 사람의 국민이라는 의식이다. 즉 자기 혼자만으로는 의미도 가치도 없는 것이고 오로지 국가에 의하여 규정될 때에만 의미가 있다. 국가와 개인은 결코 배치되는 것이 아니고 어디까지나 내적으로 깊이 결속되어 있다는 의식을 가질 때만이 국민의식이 가능하고 이것이 전제되어야 비로소 국민문학은 가능하다는 것이다. 국민 내부의 계급적 차이 혹은 성적 차이를 강조하는 것은 국민의 하나 됨을 방해하는 것으로 근대 개인주의의 유산이라고 보는 것이다. 결속된 국민으로서의 자의식을 기초로 하는 이러한 국민문학론은 국책을 편협하게 선전하는 것이 아니고 포괄적인 차원에서 계몽하는 것이라는 점을 최재서는 강조한다. 아마 국책에의 협력이라는 국민문학론의 전제가 자칫 정책의 선전 정도로 축소되는 것을 막기 위하여 이러한 단서를 달았을 텐데 이것이 국민문학론의 국가주의를 희석하는 것은 결코 아니다. 오히려 국가주의의 내면화 혹은 국민문학론의 철저화를 의미하는 것일 터이다. 여기서 최재서가 말하는 국민의식은 당연히 일본 제국의 신민이라는 의미이고, 국민문학은 바로 일본의 국민문학임은 더 말할 나위가 없다.

파리 함락을 계기로 최재서가 받아들인 '내선일체론'은 동화형 친일 협력가들이 주장하였던 동질성의 '내선일체'는 아니었다. 오히려 유진오와 마찬가지로 야마토적인 것과 조선적인 것의 이질성에 기반을 둔 '내선일체'였다. 그런 점에서 최재서 역시 혼재형의 친일 협력이라고 할 수 있다.

2. 반도적 특수성과 속지주의적 혼재형

서구 근대 비판과 국민문학론을 통하여 '내선일체'를 구현하고 했던 최재서의 혼재형 친일 협력은 '대동아공영론'의 확산과 더불어 지방문학으로서의 반도문학이란 개념으로 나아가면서 속지주의적 혼재형의 모습을 뚜렷히 드러내게 된다. 최재서가 주장한 지방문학으로서의 반도문학은 두 가지의 층위를 가지고 있다.

첫째 층위는 조선반도의 풍토에서 우러나온 조선문학은 일본의 규슈 문학처럼 취급되어서는 안 된다는 것이다. 조선반도의 문학은 독자적인 특색을 가지고 있으므로 오랫동안 일본본토의 문학에 흡수되어 독자적인 특색을 가지고 있지 않은 본토 다른 지역의 문학과는 다르다는 점이다. 조선반도의 문학은 본토 야마토 문학과는 다른 특징을 갖고 있는데 이는 마땅히 존중되어야 한다는 것이 최재서의 논리이다. 이러한 점에서 최재서는 조선적 특수성을 견지하려고 하였던 것으로 보인다. 그런 점에서 최재서의 친일 협력은 '내지화'를 중점으로 두는 동화형 친일 협력과는 다른 혼재형 친일 협력이라고 할 수 있다.

> 일본문학과 대립한 조선문학이라는 것은 없다. 일본문학의 일환(一環)으로 조선문학이 있을 뿐이다. 단지 그 조선문학은 충분히 독창성을 가진 문학이어야 하기 때문에, 장래에도 조선문학으로서의 한 부문을 확보하게 될 것이다. 조선문학을 논할 적에 그것을 구주문학(九州文學)이나 북해도문학(北海道文學)에 견주는 사

람들이 많다. 물론 일본의 지방문학으로서 보는 이야기겠으나, 그런 한에서 잘못된 생각은 아니다. 그러나 양자는 결코 같은 줄에 세워질 성질이 아니다. 조선문학은 구주문학이나 동북문학(東北文學) 또는 대만문학(臺灣文學)이 갖는 지방적 특이성 이상의 것을 가지고 있는 것이다. 그것은 풍토적·기질적으로, 따라서 사고 형식으로도 내지와는 다를 뿐 아니라, 장구한 독자적 문학전통을 짊어지고 있고 또한 현실에서도 내지와는 다른 문제와 요구를 가지고 있는 것이다. 앞으로도 조선의 문학은 이러한 현실이나 생활감정을 그 소재(素材)로 삼을 터이므로, 내지에서 생산되는 문학과는 상당히 차이가 나는 문학이 이루어지리라.[4]

구주문학이나 북해도문학처럼 조선문학을 취급하지 말라는 말에서 최재서가 조선문학의 독자성 특수성을 강하게 견지하는 모습을 확인할 수 있다. 일본문학에는 야마토 본토의 문학과 나란히 조선문학도 있다는 것이다. 그러므로 조선문학의 독자성을 주장한다고 해서 일본문학을 거부하는 것이 아니며 오히려 일본문학을 풍부하게 만드는 것이라는 것이다. 조선문학이 일본 문학의 권역으로 편입된 현실에서는 기존의 내지 야마

4 최재서, 「조선문학의 현단계」, 『친일문학선집』, 실천문학사, 1989, 367~368쪽.

토 문학도 체질 변화를 거쳐야 한다고 보았다. 기존의 일본 내지의 야마토 문학의 틀에 조선문학을 집어넣어서는 안 되고 오히려 기존의 일본문학의 상이 변화하여야 한다는 적극적인 주장도 하였다.

> 우선 일본문학은 보다 넓은 시야와 보다 높은 이상성(理想性)을 가져야 할 것이다. 이질적인 전통과 풍습과 생활감정을 가진 조선의 시인이나 작가를 자기의 것으로 받아들이기 위해서, 일본문학은 더욱더 넓은 시야를 준비해야 하겠다. 이것은 대만에 관해서도 하게 되는 말이거니와 또한 언젠가는 만주(滿洲)에 관해서도 그와 같은 일이 일어날 것이다. 다음 일본문학은 새로 따르게 된 민족이 그 일본문학에서 자기의 창조적 능력을 발휘할 수 있는, 그리고 더 나아가서 창조적 의욕의 자극을 받을 수 있는 높고 생생한 이상을 언제나 가지고 있지 않으면 안 된다. 그러자면 일본국가 그 자체가 항상 높은 도의성(道義性)을 굳게 지닐 필요가 있겠고, 그런 뜻에서 고이소꾸니아끼(小磯國昭) 총독이 취임벽두에서 도의조선론(朝鮮論)을 높이 쳐든 것은 문학적 측면에서 보더라도 같은 의의가 있다고 믿는 바이다. 하물며 창조를 생명으로 하는 문예의 세계에 있어서, 일본문학의 현상(現狀)을 기준으로 거기에 맹종하도록 강요하는 일이 있어서는 안 되겠다.[5]

조선문학은 지방문학이 되는 것이다. 지방문학이란 어감이 다소 어폐가 있을 수 있다고 하면서 말하는 다음 대목에서 그가 생각하는 지방문학의 핵심을 읽을 수 있다.

중앙문단이라는 말이 나온 김에 지방문단에도 한마디 덧붙여 두고 싶다. 조선문단을 일본의 지방문단쯤으로 생각하는 데 대해서는 대부분의 조선작가나 비평가는 아직 석연치 않게 여기는 것 같다. 그러나 조선이 일본의 한 지방인 것이 틀리지는 않는 말이고, 이 감정은 하루라도 빨리 우리가 극복하지 않으면 안 될 것이며, 또 시간이 멋지게 해결해줄 것이라고 생각하고 있다. 다만 거기에 이르기까지에는 쌍방의 깊은 이해와 경애의 정이 움직이지 않으면 안 될 것이다. 그 전의 한문시대는 별도로 하더라도, 언문에 의한 신문학이 만들어지고 나서도 40년이 되려고 한다. 그리고 수많은 작가나 작품을 낳고 있다. 이러한 전통 위에 선 조선의 문단을 큐슈(九州)나 토호쿠(東北)의 문단과 동일시하는 것은 가혹할 것이다. 조선의 문단을 지방문단으로 포용하기 위해서는 일본문학의 모든 질서가 어느 정도까지 편제 변화를 이룰 필요가 있는 것은 아닐까 —이러한 어려운 문제도 튀어나오게 되는데, 이 문제는 다른 기

5 위의 책, 369~370쪽.

회에 다시 말하기로 하고, 여기서는 다만 한 가지, 지방색의 문제에 관해서 주의를 촉구해두고 싶다고 생각한다. 젊은 반도의 작가가 중앙의 문단에서 인정받으려고 하는 경우, 지방색에의 유혹은 저항하기 어려울 것이라는 사실은 기억해야 할 것이다. 일체의 작가적 부족을 지방색의 진열에 의해 보충하고, 이로써 중앙문단인의 엽기심이나 연민에 호소하려고 하는 유혹은 종래에도 누누이 볼 수 있었던 불유쾌한 이야기이다. 이쪽의 독자가 읽어서 불유쾌함을 느끼는 것은 차치하고서라도, 중앙문단이 그러한 점에서 지방의 작가를 응석 받아준다는 것은 나아가서는 국민문학의 건전한 발달을 저해하는 점이 심각하므로 부디 주의를 기울이기를 요망한다. 조선의 지방색을 내는 것이 나쁜 것은 아니다, 그것을 매물(賣物)로 하는 것이 나쁜 것이다. 그 심사가 천박하다. 조선의 지방색을 내는 것에 의해서 조선문학의 독창성이 생겨난다면 그것보다 바람직한 것은 없다. 다만 지나치게 가련한 모습으로 중앙 문단에 추파를 던지는 행위는 그만두기 바란다. 또 중앙의 문단으로서도, 조선문단으로 하여금, 지방색을 매물로 여기는 구경거리로 생각해서는 안 된다. 조선문학을 국민문학으로, 일본문학의 일환으로, 대동아공영권의 어디에서도 내놓을 수 있을 정도로 거대한 문학이 될 수 있도록 충분히 엄하게 키우길 바란다.[6]

조선문학은 일본문학의 지방문학임에 분명하다. 하지만 조선문학을 중앙과 지방의 위계 속에서 보는 것은 마땅치 않다는 것이다. 지방색을 근거로 중앙문단에 추파를 던지는 행위는 삼가야 한다는 것이다. 이국적 정취로 호소할 것이 아니라 평등한 층위에서 새로운 것을 던져 주어야 한다는 것이다. 바로 이것이 최재서가 생각하는 지방문학으로서의 조선문학이다. 최재서는 자신의 이러한 논리를 더욱 잘 표현해주는 것으로 김종한의 논거를 끌어들이고 있다.

> 지방경제와 지방문학에 대한 관심이 높아졌던 것은 이후의 일이지만, 전체주의적 사회기구에서는 동경도 하나의 지방으로 생각하는 것이 옳다. 아니 그것보다 지방이라든가 하는 말로써 정치적 친소(親疎)를 붙인다면 재미없다. 동경도 경성(京城)도 같은 전체 안에서의 하나의 공간적 단위에 불과할 것이다.……이와 같은 자부와 자각을 가질 적에 비로소 우리는 지방에서 봉공(奉公)하는 자기의 직역(職域)에 안심입명(安心立命)할 수 있는 것이다.[7]

---

6 최재서, 「내선문학의 교류」, 『전환기의 조선문학』, 인문사, 1943, 189~190쪽.
7 김종한, 「일지(一枝)의 윤리」, 『국민문학』, 1942.3.

동경을 또 다른 지방으로 만들어 경성과 동등한 지위를 주려고 하는 김종한의 논리가 최재서 자신의 입론과 맞았기 때문에 이를 적극적으로 지지하였던 것으로 보인다. 동경과 조선을 동등하게 보면서 그 전체를 일본문학으로 보는 것이다. 이런 점에서 최재서는 동화형 친일 협력이 아니라 혼재형 친일 협력이라고 하는 것이다.

두 번째 층위는 종족적 출신과 지역적 풍토의 문제이다. 과거에 조선인 출신이거나 '내지인' 출신이거나 하는 것은 아무런 의미를 갖지 않는다는 점이다. 현재 내지 일본에 살고 있으면서 활동하느냐 아니면 조선반도에서 창작활동을 하느냐 하는 것이 중요한 것이다. 그가 조선에서 활동하고 있는 '내지인' 출신의 작가 사토 기요시의 작품을 잡지 『국민문학』에 많이 수록하였던 것은 그의 문학이 조선반도의 풍토에서 우러나온 조선문학이라고 간주하였기 때문이다. 동시에 일본에서 활동하고 있는 장혁주의 작품을 한 편도 국민문학에 싣지 않은 것은 그의 문학이 조선반도의 풍토에서 벗어나 있어 본토의 풍토에서 우러나오는 야마토의 문학이라고 생각했기 때문이다.

최재서는 장혁주의 작품을 한 번도 『국민문학』에 실은 바 없다. 조선에 거주하는 많은 일본인 작가들의 작품을 실으면서도 동경에 거주하던 장혁주의 작품을 게재하지 않았던 것은 이러한 자신의 문학관 즉 지방문학으로서의 조선문학이라는 입론에 기초해 있기 때문이다. 당시 장혁주가 『국민문학』 이외의 조선에서 발간된 잡지와 신문에 많은 글을 발표했던 것을 생각하면 최재서가 장혁주를 등장시키지 않았던 것은 단순히 개인적 이유가 아니라 이러한 문학관에 충실히 하려고 했기 때문임을 알 수 있다. 반면에 일본 동경에서의 생활을 청산하고 평양에 돌아온 김사량의 작품을 귀국 즉시 싣기 시작하여 이후 많은 지면을 제공한 것을 보면 지방문학으로서의 조선문학에 대해 최재서 자신은 확고한 생각을 하고 있었던 것으로 보인다.

최재서의 지방문학론은 조선의 특수성을 조선반도의 차원에서 이해하는 것이기 때문에 장혁주처럼 일본에서 활동하는 조선인 작가를 배제함과 더불어 조선에서 활동하는 '내지인' 출신의 작가들을 포용한다. 그 대표적인 인물이 바로 사토 기요시이다. 국민문학 잡지에 가장 많은 시를 발표한 이가 바로 사토 기요시이다. 물론 이 잡지에는 조선인 출신보다 '내지인' 출신들이 더 많은 시를 발표하였다. 사토 기요시 이외에 스기모토 나가오와 가와바다 슈조와 같은 이들이 10편 이상의 시를 발표하였다. 당시 이 잡지에 시를 발표한 조선인 중에서 가장 많은 시를 발표한 이들인 김용제와 김종한보다 더 많은 편수를 발표하였다. 여기에는 최재서의 독특한 지방문학론이 작용하였다. 조선반도에서 사는 사람은 그가 과거에 조선인 출신이거나 '내지인' 출신이거나를 막론하고 모두 조선반도인이라는 것이다. 조선반도인들이 만들어 내는 조선반도의 문학은 일본문학의 한 지방문학으로 독특한 개성을 가진 채 일본문학을 풍부하게 만들고 있다는 인식을 가지고 있었다.

『국민문학』 잡지를 낼 무렵에 최재서는 조선반도에 거주하는 문학가들에 의해 만들어지는 조선반도의 문학을 상상했음은 분명하다. 그 점을 잘 보여주는 이기 사토 기요시이다. 국민문학 창간호에 발표된 사토 기요시의 작품 「눈」을 읽어보면 이를 어느 정도 짐작할 수 있다.

옆구리를 후벼 파는 추위
(꽁꽁 얼은 맑은 하늘)
모르는 체하는 경성의 하늘
15년
늘 같은 모습을 보아왔지만
드디어 그 모습에 이변이 일어났다.
되풀이되고 또 되풀이된
계속 퍼붓는 폭설의 날이여, 밤이여

조용히 날이 밝아오는 나무숲 나무숲에

쌓이는 대설의 소리 없는 발자국이여

강아지와 장난치는 새하얗고 커다란 까마귀

눈송이를 찻물로 물들이며 서로 우는 작은 새들

너무 기뻐 보도 위를 달린다.

몇 번이나 다리가 움푹 빠진 사람들이여

소년의 날처럼

경성은 지금이야말로

정말 우리들의 고향이 되었다[8]

경성제국대학 영문학과에 부임하면서부터 15년 가까이 경성 생활을 했지만, 그동안에는 경성이 항상 외국으로만 다가왔다. 재조 일본인들이 대부분 그러하지만, 자신의 고향은 일본 본토라고 생각하고 단지 일시적으로 조선에 나와 살고 있다고 생각하였다. 조선의 생활이 길어지고 특히 '내선일체'가 강화되면서 점차 조선반도를 제2의 고향으로 생각하기 시작하였다. 바로 이러한 감정을 표현한 것이 이 시다. 사토 기요시는 조선을 자신의 새로운 고향으로 생각하고 조선반도의 풍토에

8 사희영 편, 『잡지 국민문학의 시세계』, 제이엔씨, 2014.

서 우러나오는 조선반도의 문학을 한다는 의식으로 충만하였다. 대부분의 재조 일본인들은 이 '내선일체'에 대해서 불만을 가졌다. 자신들은 그동안 조선 내에서 조선인보다도 우월하다는 의식 하에서 살았고 조선인들을 차별하는 재미로 살았는데 갑자기 '내선일체'가 나오니 이를 드러내놓고 말하기 어려워진 것이다. 밖으로 말하지는 못하지만 속으로는 여전히 '내선일체'를 수긍하기 어려운 것이다. 일본 본토에서 당한 것을 조선에서 보상받는 식으로 살아가던 그들이 갑자기 조선인과 일본인을 동등하게 대우하기는 현실적으로 쉽지 않은 것이다. 이런 사람들이 대부분인 가운데서도 '내선일체'를 국책으로 이해하고 이를 받아들이는 이들이 나오기 시작하였고 사토 기요시도 그런 사람 중의 하나였다. 특히 자신의 제자였던 최재서와의 오랜 유대 속에서 쉽게 이를 받아들일 수 있었을 것이다. 특히 최재서가 『국민문학』 잡지를 한다고 했을 때 이런 점들을 같이 논의했을 것이다. 그렇기에 창간호에 이런 시를 발표할 수 있었을 것이다.

실제로 사토 기요시는 조선반도의 풍토에 대한 시를 많이 창작하여 최재서가 염두에 두었던 조선반도의 풍토에 기반을 둔 조선문학이란 개념에 잘 부합하였다. 사토 기요시는 조선의 풍경 중에서 자신이 가장 아끼고 또한 자신의 시에 감흥을 준 것으로 하늘, 추위, 햇볕 그리고 비바람이라고 스스로 말할 정도였다.

> 추위와, 햇볕 그리고 푸른 하늘이다. 조선에서 노래할 만한 것은 단지 이러한 요소로 한정된 것만은 물론 아니다. 하지만 이 세 종류의 요소 — 또는 여기에 비바람을 더해 네 종류의 요소는 적어도 조선에 존재하고 있는 모든 예술적인 것을 결정하는 것이며, 또 동시에 근본적인 시제(詩題)이지 않으면 안 된다고 생각한다(『벽령집』)[9]

최재서가 보기에, 사토 기요시는 '내지인' 출신이지만 시 세계는 조선반도의 풍토에서 나온 것이기에 지방문학으로서의 반도문학에 잘 맞는다고 생각하였다. 그렇기 때문에 최재서는 조선반도의 풍토를 기반으로 한 조선문학이란 개념에 육체를 부여할 수 있었을 것이다. 만약 사토 기요시의 이러한 시적 성취가 없었다면 그러한 개념을 상상하기 힘들었을지도 모른다. 앞서 인용하였던 시 「눈」은 이 네 가지 특질 중에서 추위에 해당하는 시편 중의 하나임을 최재서 스스로 선생의 시집 『벽령

9 최재서, 「시인으로서의 사토 기요시 선생」, 『전환기의 조선문학』, 인문사, 1943, 264쪽.

집』의 서평에서 쓰고 있다.

마지막으로 추위와 눈에 관한 몇 편의 시도 놓칠 수 없는 작품이다. 이러한 작품과 관련해서 생각할 수 있는 것은 선생이 말한 "한랭(寒冷)의 미"라는 말이다. "한랭의 미를 맛보는 것은, 조선에 사는 사람의 특권이어야만 한다"라고 말하고 있다. 그러나 그 한랭의 미라는 것은 시가(詩歌)에서 사용되었던 눈 경치나 그 밖의 인습적인 것은 아닌 것 같다. 하긴 선생의 작품에는 「창(窓)」처럼 날씨가 그려내는 장려(壯麗)한 겨울의 예술을 노래한 작품도 있지만, 선생이 말하는 한랭의 미는 반드시 그러한 가시적인 것이 아니라, 순수한 추위라기보다는 그 추위를 통해서 다가오는 혹심함 그 자체에 있는 것 같다. "목을 죄는 듯한 쾌청한 엄한(嚴寒)"(「한권의 책」), 아버지의 노여움에 "삶의 근본 상심한 아들"의 추위(「고독」), "네 다리를 하늘로 해서, 쓰러져)" 있는 겨울 거리(「겨울꽃」), "가시처럼 얼굴을 찌르는" 한파(「어느 아침」), "옆구리를 도려내는 추위"(「눈」) — 이러한 추위 속에 선생은 오히려 준엄한 미를 찾아낸다.[10]

10 위의 책, 270~271쪽.

사토 기요시가 없었다면 잡지 『국민문학』은 물론이고, 국민문학론 자체가 존재하지 않았을 것을 알 수 있다. 다르게 말하면 사토 기요시가 있었기 때문에 잡지 『국민문학』을 내려고 마음을 먹었던 것임이 분명하다. 같은 서평의 다음 대목은 이를 아주 명징하게 보여주고 있다.

조선문단의 국민문학적 편제 변화가 가까스로 그 실마리를 잡고, 반도인 작가는 물론이고 조선에 거주하는 내지인 작가, 시인의 역할도 그것에 뒤떨어지지 않은 중요성을 늘려가고 있는 이때, 선생과 같이 분명하게 자기의 세계를 가지고 있다는 것은 물론 시인 자신으로서도 행복할 뿐만 아니라, 나아가 후진에게도 교훈과 고무가 되는 일일 것이다. 조선문학이 앞으로 일본문학의 일환으로서 그 독창성이 문제가 될 때, 선생의 시는 분명히 상기될 것으로 믿는다. 이것은 또 단순히 문학의 세계에서뿐만 아니라, 넓게 반도의 국민운동에 있어서도 커다란 의미를 가지는 것이라고 생각한다. 문학은 혼이 서로 부딪치는 세계라는 것이 선생의 지론이다. 오늘은 내선일체의 시대로, 내선 이해라든가 내선 융화의 단계는 이미 과거의 것이라는 식의 논조가 점차 무게를 더해 가는 듯하지만, 그러나 내선인의 혼과 혼이 하나로 굳건하게 결합할 필요가 있다는 사실이 현재 줄어들고 있는 것은 결코 아니다. 아니 반도의

> 황민화 운동이 대규모로 확대되면 될수록, 한 사람 한 사람의 영혼적 결합은 그 중요성을 더할 것이다. 전쟁이 언제 끝날지 알 수 없고, 또 반도에는 장차 징병제가 실시되려는 지금, 선생의 가장 절실한 바람은, 내지인 한 사람 한 사람과 반도인 한 사람 한 사람이 숭고·순결한 이념의 세계에서 확실하게 맺어지는 것으로 생각된다. 선생의 시는 너무 준엄하며, 너무 순수하기 때문에, 또는 이러한 국민적 윤리를 이끌어나가는 것은 일반 독자에게는 곤란한지도 모른다. 그러나 헛된 감정으로 선생의 작품에 접하는 사람에게는 이 절절한 기원의 목소리가 엄숙하게 들릴 것이다.[11]

'내지인' 한 사람 한 사람과 반도인 한 사람 한 사람의 영혼적 결합은 시간이 흐를수록 더 강해지는 것처럼 생각하였다. 『국민문학』 1944년 3월호에 쓴 사토 기요시의 작품 「이십 년 가깝게도」는 창간호에 썼던 「눈」보다 더욱더 내면적인 영혼의 결합의 노력을 보여준다. 앞선 작품이 사토 기요시가 조선에 이주하여 산 지 15년이 되는 해에 쓴 것이고 이 시는 20년 가까이 된 해에 쓴 것이다.

11 위의 책, 272~273쪽.

이십 년 가깝게도, 여기에 있으니

자신도 여기 토박이인 듯한 느낌이 든다

그러나 공간적인 내지의 의미도

시간적인 내지의 의미도

여기 있으면 무서울 정도로

새로운 것들이 엉기어 다가오는 것이다

역사의 심오함이 실로 깊어져 와서

특히 요즈음 우리들의 사상의 비약은

천 년 전 상세한 일들을 '현재'의 도리로서 자기의

사상이나 언동을 돌아보게 하여

정맥의 끝까지 파랗게 비춰 보이고

우리들이 같은 뿌리라는 사실을 실감하게 하는 것이다.

우리들은 뭐라고 해도 하나이고

또 하나가 되지 않으면 살아갈 수 없는 것이다.

나는 죽어도

이 신념만은 영구히 마음에 깊이 새겨져 있으리

한 그루 앙상한 나무에도 일개의 돌멩이도

저녁놀 같은 적갈색 흙에도 성스러운 푸른 하늘에도[12]

---

12 사희영 편, 『잡지 국민문학의 시세계』, 제이엔씨, 2014.

이 시를 보면 그 사이 '내선일체'에 대한 사토 기요시의 이해와 유대가 한층 깊어져 보이는 것이다. 속지주의적 동화협력을 지지한 최재서의 말이 더욱 타당성을 갖는 것처럼 보인다. 하지만 사토 기요시는 1945년 2월 경성제국대학을 정년하면서 바로 동경으로 건너간다.[13] 사토 기요시가 제자 최재서의 이론을 정면으로 부인한 셈이다. 조선에 사는 '내지인' 출신의 문학가들은 언젠가 중앙인 동경으로 갈 것이라고 예언하면서 속지주의를 비판하고 속인주의를 내세웠던 유진오의 말이 맞았다.

최재서가 말하는 조선적 특수성은 조선인이라기보다는 조선반도라는 지역적 차원의 것이기 때문에 앞서 보았던 유진오와는 매우 다르다. 유진오는 그가 일본 본토에 살든 조선반도에 살든 관계없이 과거에 조선인 출신이라면 마땅히 조선문학이어야 한다는 속인주의적 지향을 가졌다면, 최재서는 조선반도에 살면서 창작을 하면 조선문학이고 일본 본토 야마토에서 살면서 창작을 하면 내지의 문학이라는 속지주의적 성격을 갖는다. 그런 점에서 최재서의 문학은 속지주의적 혼재형이라고 부를 수 있다.

---

13 김윤식, 『최재서의 국민문학과 사토 키요시 교수』, 역락, 2009.

3. 일본 제국의 포용력

일본 제국의 지방문학으로서의 반도문학이란 개념을 가지고 있던 최재서는 '대동아공영론'에 각별한 관심을 가졌지만 실제로 제1회 대동아문학자대회에는 참가하지 못하였다. 아마도 참여를 열망하였지만, 이광수 · 유진오 등에 밀려 기회를 잡지 못하였던 것 같다. 하지만 최재서는 나름의 방식으로 일본 문단 등과 교류하면서 '대동아공영론'의 문학에 진입하고자 하였다. 그러한 노력의 하나가 바로 최재서가 일본에 건너가 일본의 유력 문학자들과 행한 좌담이다. 자신이 주재하던 『국민문학』 1943년 3월에 게재한 「신반도문학에의 요망」은 최재서가 동경에서 기쿠치 칸 등과 함께 한 좌담으로, 당시 최재서의 생각을 보여주고 있어 매우 흥미롭다.

최재서는 조선문학의 향토성은 적극적으로 옹호되어야 한다고 했다. 조선적 풍토에 뿌리를 내리지 않은 국민문학은 추상적이어서 결코 좋은 문학이 될 수 없다는 것이다. 조선적 구체성을 바탕으로 깔고 일본 국민성을 보여주어야 제대로 된 반도문학이라는 것이다. 즉 반도의 향토성을 결코 배척해서는 안 된다고 하는 것이 주된 논지이다. 이 좌담에 출석한 일본의 문학인들은 대일본 제국의 문학은 각 지역의 풍토와 향토성의 기초 위에 수립되는 것이지 그 이상도 그 이하도 아니라고 이구동성으로 강조하였다. 최재서는 자신과 뜻을 같이할 수 있는 일본인 작가들과 자리를 함께하여 의견을 공유함으로써 조선의 문학계 내에서 조선의 문학이 어디로 가야 할 것인가에 대한 자신의 방향을 더욱 공고화할 수 있었다. 이미 대동아문학자대회에 참여하여 이를 발판으로 조선 내에서 자신의 문학관을 펼치던 이광수 등의 동화형 친일 협력의 문학인들을 의식한 것이었다.

이러한 최재서에게 기회가 왔다. 이광수를 제치고 제2회 대동아문학자대회에 참여할 수 있게 된 것이다. 최재서가 1943년 8월 동경에서 열린 제2회 대동아문학자대회에 참가한 것은 그의 의식은 물론이고 그가 주재하고 있던 국민문학론에서도 의미심장한 대목이라 할 수 있다. 1943년 8월 25일부터 3일간 제국극장과 대동아회관에서 열린 이 대회에 참석한 최재서는 스스로 '대동아의식'이라고 불렀던 것을 실제로 체험하게 된다. '대동아공영론'의 문학으로서의 조선문학을 의식한 것은 그가 자유주의를 비판하고 국가주의에 몰두하면서 시작된 것으로 그렇게 낯선 것이 아니다. 하지만 이것을 관념으로 이해하는 것과 실제 그 현장에서 느끼는 것 사이에는 일정한 차이가 존재하였다. 1942년 11월 대동아문학자대회가 열렸을 때

이를 기념하는 그 어떤 글도 최재서는 『국민문학』에 싣지 않았다. 하지만 그가 직접 참여한 제2차 대회에 대해서는 여러 편의 글을 싣는다. 『국민문학』 1943년 10월호에는 「대동아문학 건설을 위하여」라는 특집으로 각 지역에서 참가한 문학자들의 글이 실린다. 小林秀雄의 「문학자의 임무」, 田平의 「대동아문학건설강령의 수립」, 謝希平의 「중국 평화운동과 대동아 전쟁」, 包崇新의 「미영문화로부터의 해방」 그리고 周金波의 「황민문학의 성립」을 싣는다. 자기가 참여하였기 때문에 자연스럽다고 할 수 있을지 모르겠지만, 그 자신이 이 특집에 붙인 글 「대동아 의식에 눈뜨며」를 보면 단순히 참가 자체의 문제만은 아닌 것으로 보인다. 그동안 막연하게 생각되었던 대동아문학을 실제로 느끼게 되었고 이를 본격적으로 이론화할 필요성을 절감했기에 『국민문학』에 특집으로까지 발전시켰다. 제2회 대동아문학자대회에서의 다음 발언은 그 정점이다.

아시다시피 조선에서는 오는 8월 1일부터 징병제 및 해군특별지원병 제도가 실시되었으며 반도의 청년들도 대동아 전쟁의 제1선에 설 수 있게 되었습니다. 말씀드릴 것도 없이 조선은 일본제국의 일부이며 모든 은혜를 입었음에도 불구하고 불행하게도 지금까지 장정들을 전선에 보낼 수 없어서 실로 부끄러워서 몸둘 바를 몰랐습니다. 우리들은 결코 전쟁을 방관할 요량이 없었으며 결과적으로 자칫하면 전쟁을 방관하는 듯한 입장에 서 있게 되었다는 것은 실로 쓸쓸할 뿐만이 아니라 심각한 고충조차 있었습니다. 이것을 염두에 둔다면 작년 5월 8일 징병제 개정이 처음으로 발표되었을 때 전 반도를 습격한 감격의 폭풍을 용이하게 이해할 수 있습니다. 예를 들어서 설명하자면 어두운 구름을 꽤 뚫고 나오는 찬연한 태양이 모습을 드러낼 때와 같은 청신함이라고나 할까 상쾌함이라고나 할까 종생 잊을 수 없는 깊은 감격을 느꼈습니다. 말씀드릴 것도 없이 병마(兵馬)의 큰 권한은 천왕폐하의 통솔하심에 있으며 병역은 일본 국민의 가장 신성한 의무입니다. 이 신성한 의무를 부여받게 되어 광휘 있는 황군의 일원으로서 참가를 허락받은 것은 이것이야말로 일시동인(一視同仁)의 크신 마음이 나타나심이라고 생각하며, '내선일체'의 대이념은 이것을 통해 구체적인 표현을 얻게 되었다고 생각합니다. 이처럼 획기적인 제도가 문화 그 가운데서도 문학의 세계에 영향을 미치지 않는다는 것은 있을 수 없으며 조선 문학은 일본 내지의 신체제 운동 이후 즉 쇼와 14년 가을 이후 의식적으로 또한 급속도로 전환 혁신을 수행했으며 오늘날 국민문학(國民文學) 운동까지 전개됐습니다. 그 도중에서 저는 두 가지 커다란 전환기를 발견합니다. 즉 쇼와 16년 12월 8일 선전 조칙(宣戦の大詔)을 선언하셨던 때에 그 첫 전화점이 있으며 쇼와

17년 5월 8일 징병제 실시 발표를 들었을 때가 두 번째의 전환점입니다. 비교적 유럽문학의 영향 하에 있었던 조선문학이 대동아 전쟁발발과 동시에 자유주의 문학과의 결별을 결의하고, 드디어 일본적 세계관에 들어간 것은 매우 당연한 것이기는 하지만 실로 획기적인 것이라고 말씀드립니다. 시간관계상 하나하나 그 구체적인 작품을 열거하는 것은 생략합니다만 확실히 이때부터 조선문학은 전환을 이뤘습니다. 하지만 여기에도 더욱 크고 심각한 영향을 조선문학에 안겨준 것은 그 무엇보다 징병제 실시입니다. 그 첫 번째 영향은 국어문학(國語文學)으로의 전환이라고 할 수 있습니다. 아시다시피 조선문학은 지금까지 언문을 통해 쓰여졌습니다. 하지만 이 언문 문학은 40년 역사를 갖고 있습니다. 이 언문 문학이 하루아침에 국어문학으로 전환한다는 것은 사실상 실로 곤란한 일이었습니다. 하지만 우리들은 단지 시대의 요청에 응해서 이 곤란을 극복했습니다. 두 번째 영향은 그처럼 확실한 형태로 나타나지 않았습니다만, 작가가 갖고 있는 오래된 세계관 인생관에 철저한 변화를 안겨주었다는 의미에서 첫 번째 것을 능가하면 능가했지 결코 뒤떨어지지 않는 중요성을 갖고 있습니다. 그 두 번째 영향이라는 것을 저는 건국 관념의 파악이라고 부릅니다. 조선의 지식계급은 상당히 오랜 기간 헤매고 있었음이 사실입니다. 하지만 솔직하게 말씀드리면 시간 의식이 불철저하다는 것과 같은 것이 아니라 보다 근본적인 무언가가 결여되어 있었습니다. 다시 말하자면 자동차에 축이 빠져 있어서 아래에서부터 치솟아 오르는 정열을 통해 전인격적인 전진을 할 수 없었습니다. 그러한 상태가 아니었나 하고 생각합니다. 여기에 징병제도가 실시되어 자신의 피와 생명을 통해 국토를 방어하는 것이 결코 관념이나 이치의 문제가 아니라 현실에 구체적인 문제로 나타난 것입니다. 여기에 조선문학자들의 흉중에 있던 건국관념이 들끓어 올랐던 것입니다. 그리하여 문학자들이 건국관념을 가졌다는 것은 앞으로 조선문학이 웅대한 발전을 이룰 수 있는 기초를 만든 것으로 우리들은 기쁨을 참을 수 없는 바입니다. 왜냐하면 이것은 조선문학자들에게 커다란 목표로 흔들림 없는 신념의 근거지를 제공했기 때문입니다. 오늘 이후 조선의 중심적 작가는 그 방향을 오판해서 때마침 갖고 있던 재능을 썩혀버리는 일도 없을 뿐더러 그 정력을 분산시켜서 결국에는 아무런 것도 이루지 못했던 과거의 슬픈 현상도 앞으로는 그 모습을 감출 것이라고 봅니다. 물론 징병제가 의미하는 것은 반도 2천 7백만이 내지 동포 7천만을 도와서 성전을 최후의 승리로 이끄는 것입니다. 또한 우리들이 전개하고 있는 국민문학이라는 것은 조선의 중심작가와 내지의 중심작가가 동일한 이상을 목표로 하고 대동아 건설에 매진하는 것입니다. 요컨대 조선인만을 상대로 하는 좁은 문학이 아니며 이것은 2천 7백만 동포를 뛰어넘어

決戰朝鮮の急轉換

徵兵制の施行と文學活動

崔載瑞氏（朝鮮）

御承知のやうに朝鮮におきましてもこの八月一日から徵兵制並に海軍特別志願兵制が實施されまして、半島の青年も大東亞戰爭の第一線に起つことになりました。申す迄もなく、朝鮮は日本帝國の一部でありまして、あらゆる恩惠を蒙つて居るにも拘らず、不幸にして今迄兵を前線に出すことがないために、甚だ肩身の狹い思ひをして參つたのであります。

我々は決して戰爭を傍觀するつもりではなかつたのでありますが、結果において動もすれば戰爭を傍觀するやうな立場に置かれてあつたといふことは常に淋しいばかりでなく、深刻な苦惱でさへあつたのであります。このことを念頭に置かれますれば、昨年五月八日徵兵制改正のことが初めて發表されました時に、全半島を襲つた所の感激の嵐を容易に理解して頂けると思ふのであります。例へて申しますならば、暗雲を衝き破つて燦然たる太陽が姿を現はした時のやうな清新と申しますか、[illegible]と申しますか、終生忘れることの出來ない深い感激を覺えたのであります。申すまでもなく、兵馬の大權は天皇陛下の御統率あそばされる所で、兵役は日本國民の最も神聖な義務とする所であります。この神聖な義務を負荷せられ、光輝ある皇軍の一員として參加を許されましたことは、これ偏へに一視同仁の大御心の現れでありまして、內鮮一體の大理想はこれを以て具體的な表現を與へられたと考へて居るのであります。

偖、斯くの如き畫期的な制度が文化、就中文學の世界に影響を及ぼさないといふことはないのであります、朝鮮文學は日本內地における新體制運動以來、つまり昭和十四年秋以來、畫期的に又急速度を以て轉換の革新を斷行致しまして、今日の國民文學運動にまで展開したのであります。その途中において私は二つの大きな轉換點を見出すのであります。つまり昭和十六年十二月八日、宣戰の大詔を奉戴致しました時がその第一の轉換點であり、昭和十七年五月八日徵兵制實施の發表を聽いた時が、その第二の轉換點であります。比較的ヨーロッパ文學の影響の下にあつた朝鮮文學が、大東亞戰爭勃發と同時に自由主義文學との訣別を決意しましたことは、又やがて日本的世界觀に入つたといふことは當然なことゝはいひながら誠に劃期的なことゝ申すべきであります。

時間の關係上、一々その具體的な作品の例を申上げることは差控へますが、確かにこの時から朝鮮の文學は轉換して參つたのであります。然しこれにも增して深刻な影響を朝鮮の文學に與へましたのは、何といつても徵兵制の實例でございます。その第一の影響は國語文學への轉換といふことであります。御承知のやうに、朝鮮文學は今まで

道の[illegible]の中に[illegible]として[illegible]が湧き起つたのであります。斯うして文學者達が祖國觀念を摑んだといふことは、將來朝鮮の文學が大いに發展する基礎をなすものとして我々喜びに堪へない次第であります。何故ならば、それは朝鮮の文學者達に大きな目標と、拔き難き信念の據り所を與へたものだからであります。

今日以後朝鮮の中心的な作家はその方向を誤つたために、折角の才能を腐朽に委ねるといふこともなければ、その精力を分散したために徒に何事をもなし得ないといふやうな、從來の悲むべき現象は今後跡を絕つと思ふからであります。勿論徵兵制の意味する所は、半島二千七百萬が、內地同胞七千萬を擧げて聖戰を最後の勝利に導くことにあります。又我々が新たに展開しつゝある所の國民文學なるものは、朝鮮の中心作家と內地の作家と同一の理想と目標の下に、大東亞の建設に邁進するといふことにあります。要するに朝鮮人のみを相手とする狹い文學ではありませぬ、これは二千七百萬の同胞を乘び越えて、一億國民、更に進んでアジヤ民族十億の文學であることをはつきり申上げて置く次第であります。

議長 次に『大東亞文學建設要綱の設定』といふ題で田兵さんにお願ひします。

肇國精神の顯現に

大東亞文學建設要綱の設定

田兵氏（滿洲）

午前中各位の御高說を拜聽致しまして、茲に滿洲國の文學者各位の心は[illegible]の點において一つであるといふことが判りました。申す迄もなく、大東亞戰爭は單に米英に對する日本の戰爭ではなく、米英の侵略主義に對するアジヤ全民族の興亡を決すべき大戰爭であります。アジヤ十億の民衆が過去久しきに亘つて如何に米英世界指導者によつて賤民視され、壓迫されて來たかを知るべきであ[illegible]。斯かる悲運より脫してアジヤ人の誇りを保持するには斷乎米英を擊つべくアジヤの總蹶起、總協力、總進軍あるのみであると思ひます。而してアジヤ民族團結の現實的基礎となるべきは東亞國際新秩序關係及び新しい文化の根本原理の闡明による東亞理念の確立

これによつて[illegible]べき方向を非常に明確にすることが出來たのである。

三 文學活動に取つて要綱の設定は自由なるべき文學活動を拘束し、束縛するが如き印象を與へるけれども我々の經驗ではさういふことはなく、寧ろ[illegible]たる道標に照らされ導かれて、どれだけ文學活動上[illegible]を伸はし[illegible]であり得るかも知れないのである。

四 大東亞文學理念の確立は本大會の最大の成果となるであらう。然らばこれを記錄し、大東亞文學建設要綱に收めて、廣く共榮圈文學者への指標たらしめるは極めて必要なことゝ信じ、これを提案した次第であります

議長 次に『國內知識層獲得運動』と題し小田嶽夫さんにお願ひ致します

（五面へ續く）

文報の徽章制定

豫て帝國藝術院會員香取秀眞氏を煩はして意匠考案方を御依賴してあつた本會の徽章も制定を見たので、そのまゝ徽章、バッヂに型どり、目下石川縣立工藝指導所長[illegible]氏監作のもとに製作中、九月末頃には出來上るので、實費を以つて會員諸氏へお頒ちできる豫定品は時局にふさはしく金[illegible]陶製で、青空高く日の丸を掲げた感じの色調で青い〇の中に赤い『文』の字を入れた高雅なもので實費一圓の見込。個數に限りあり、御入用の方は成るべく早く事務局總務課宛御申込みありたい。

大會を飾る生花

今度の大東亞文學者大會の開會式並びに決戰會議前後三日間を通じて會場である帝國劇場と大東亞會館會場に連日[illegible]とした生花が活けられ緊張する會場に和やかな色彩を添へてゐたが

これはすべて全日本華道協會平光波女史と[illegible]及びその門下の方々の[illegible]奉仕に依る力作であつた、記して感謝の意を表する次第である。

1억 국민 더 나아가 아시아 민족 10억을 위한 문학인 것을 확실히 말씀드리는 바입니다.

앞서 보았던 것처럼 최재서는 대동아문학자대회 이전에는 동아시아라든가 동양에 별다른 관심을 두지 않았다. '대동아공영론' 논의가 시작된 1940년 6월 이후 친일 협력을 하기 시작하면서도 서구 근대 초극으로서의 신체제에 대해 깊은 관심을 보였지만 동양론이라든가 '대동아공영론'에 대해서는 이렇다 할 발언을 하지 않았다. 그러므로 잡지 『국민문학』에서는 1회 대동아문학자대회에 대해서 별다른 글을 싣지 않았다. 하지만 그 자신이 직접 대동아문학자대회에 참여한 이후에는 깊은 관심을 두고 열심히 논의를 펼쳤다.

조선반도의 풍토를 기반으로 한 조선적 특수성은 '대동아공영론'과 공존할 가능성이 높다. 왜냐하면, 동아시아와 아시아 지역의 다양한 문화의 개성이 공존하는 것과 조선적 특수성을 견지하는 것은 논리적으로 이어질 수 있기 때문이다. 실제로 이 글의 여러 대목에서 최재서는 이런 측면을 강조하고 있다. 특히 중국 등 일본과 조선 이외의 지역에서 동양을 발견할 수 있다고 하는 대목은 최재서가 '대동아공영론'을 받아들이기 시작함을 알려주고 있다.

동양의 문학자들이 수긍하고 마음으로 악수할 수 있는 계기는 일본의 도처에 남아 있다. 일본뿐만 아니다. 중국에도 있는 것이며 만주에도 있는 것인데 이것이 곧 동양의 문화유산이라는 것이다. 지금까지, 유교도 그러하며 불교도 그러하고 미술 역시 그러하지만 동양의 문화유산이 동양의 지식인들에 의해서 부당하게 멸시되어 왔던 것은 역시 서양의 영향에 유래하는 것이다. 말하자면 서양의 척도로 동양의 문화를 재었기 때문이다. 더욱이 보편성의 이름 아래에서. 그러한 그릇된 시각을 벗어나면 동양의 모습이 있는 그대로 나타난다. 그런 상태에서 동양의 문학자들이 새롭게 동양의 문화를 이해하려는 것, 이것이 지금의 상태라고 생각한다. 그렇다고는 하지만 나는 이러한 옛 종교나 미술을 진열하거나 해설한다고 하는 것만으로 곧바로 새로운 대동아문화가 생겨날 것 같은 편안한 생각은 하고 있지 않다. 거기에는 대동아 여러 민족의 민족적 창조의 힘이 더하지 않으면 안 된다. 그 경우 동양의 문화유산은 공통의 지반(地盤)을 제공한다는 의미에 있어서 가치를 가지는 것이다. 몽고 대표인 포숭신(包崇新) 씨가 영미문화의 협잡물(挾雜物)을 제거하고 동아 여러 민족의 특성을 발휘해야 한다고 주장한 것은 그러한 의미에 있어서 귀중한 발언이었다.[14]

14 최재서, 「大東亞意識の目覺め」, 『국민문학』, 1943.10, 138쪽.

다양한 아시아의 공존을 이야기한다는 것은 서양에 맞선 동양을 상상하는 것이기도 하다. 그동안 최재서는 서양의 근대 초극 특히 자유주의 비판에만 신경을 썼지 서양과 대척되는 동양 혹은 아시아에 대해서는 별다른 언급을 하지 않았다. 그런데 이렇게 조선과 일본 이외의 지역이 갖는 긍정성과 다양성을 높이 평가한다는 것은 분명 이 대동아문학자대회가 그에게 남긴 영향이라고 할 수 있다. 특히 중국에 대해서 이번 회의에서 깊은 감명을 받은 것으로 보인다. 물론 만주국 등에 대해서도 그러하였지만, 중국에 대해서는 새롭게 인식하고 있음을 토로하고 있다.

나는 오늘까지 깊이 논어를 읽은 적은 없지만 유교를 신봉한다고 생각한 적도 없다. 그러나 그 건축과 그 분위기는 나에게 딱 맞는다. 유교는 나의 혈관을 흐르고 있을 것이다. 그런 연유로 유추해 볼 때 중화민국이나 만주국의 대표자들이 이 성당에서 얼마나 행복감을 느꼈을지는 추측할 수 있을 것 같다. 중의 진요사(陳寥士) 씨는 유명한 한시인(漢詩人)으로 대회 중 백여 수의 시를 지었다고 일컬어졌는데 성당에서도 즉흥적으로 한 수를 읊었다. 상당히 긴 시로 거의 잊어버렸지만 그 가운데 한 구절 文字眞一骨肉情이라는 것만은 확실히 기억하고 있다. 여기에 문자라는 것은 인쇄

> 된 문자를 말하는 것이 아닐 것이다. 그 문자를 통해서 얻어지는 사상이자 문화요 길을 말하는 것일 것이다. 사상과 문화와 길이 진정 하나이면 거기에 골육의 정이 생겨나는 것은 당연한 것이 아니겠는가. 만일 동아 여러 민족 사이에 이렇게 골육의 정이 생겨나면 이미 문제는 없다.[15]

이상의 대목들은 최재서가 동아시아나 아시아의 여러 나라의 다양성과 개성을 존중하는 것처럼 보인다. 마치 조선적 특수성이나 개성을 지켜야 한다고 하는 자신의 입론과 매우 유사하게 보인다. 하지만 이 글을 좀 더 세밀하게 읽어보면 일본 국가주의로서의 면모가 여실히 드러난다. 최재서는 대동아문학에서 가장 중요한 황도의식을 강조하고 있다.

> 대동아문화가 동양의 문화유산을 기반으로 해서 새로운 여러 민족의 민족성을 발휘하게 할 토대가 될 수 있다고 하더라도 민족성의 평면적 나열이나 무차별적인 주장만으로는 아무 것도 이룰 수 없을 것이다. 중심이 없는 집단, 그것은 과연 데모크라식한 질서관에는 들어맞을지는 모르지만 거기에서는 새로운 문화창조의

15 위의 책, 137쪽.

大東亞意識の目覺め

—第二回大東亞文學者大會より還りて

崔　載　瑞

三週間の旅を了へて旅裝を解く間もなく、次から次へと用事は待つてゐた。各代議員から貰つた名刺を大事に仕舞ひ込んだきり、それらの一枚々々をめくつて顏を思ひ浮べる遑さへない。還つて來たら是非纏つた印象記を書かうとは發つ前から考へたことだが、今のところその念願を適へさせて貰へさうもない。この記事はどうしても十月號には載らなくてはならないのである。思ひ出すまゝ印象を語ることにする。

發會式の日に、下村宏氏が座長になられ、一場の挨拶を試みられた。その中で、『この深刻苛烈な戰爭の眞最中に、各國の文學者が一堂に會して文學を語り合ふと云ふことは、敵米英は勿論のこと、獨伊に於てさへ未だそのことあるを聞かぬ。獨り我が日本に於てこのことあるは、御稜威の下皇軍奮鬪の賜で、有難き極みである』と云ふ意味のことを述べられた。

この戰爭の眞最中にあれだけ大仕掛けの文學的會合が二回も行はれたと云ふことは、確かに、世界に誇つてもいゝことだと思ふ。

我々が會議をやつてゐる間にも、凄愴苛烈なるソロモン方面の戰況ニュースは時々刻々我々の耳朶を打つた。然し我々は始終和やか雰圍氣の中で會議を進めることが出來た。考へれば不思議な程である。それは丁度京都驛へ降りた時や、伊勢神宮へお詣りした時の氣持に似通ふたものである。——どうしてこんなに靜かなのであらう。

我々は決して物見遊山に廻つた譯ではない。ばかりでな

—(134)—

國民文學・十月號

表紙・岡島正元
目次・李承萬

創作特輯

大東亞文學建設のために

> 원리는 생겨나지 않는다. 질서에는 중심이 없어서는 안 된다. 모든 것을 포용하고 또한 모든 것을 집중하게 하는 중심이 있어야만 한다. 대동아 새질서에 있어서 중심이 되는 것은 천황이시다. 일본은 천황을 중심으로 해서 일가를 이룬다. 동양은 일본을 중심으로 해서 일가를 이룬다. 만방이 모두 천황을 향해야 하는 이유가 여기에 있다. 대회 석상에서 각국 대표의 발언이 모두가 황도(皇道)를 원리로 하고 있는 것을 알고 나는 깊이 감탄했다. 예를 들면 사토(佐藤春夫) 씨의 『황도정신의 삼투(滲透)』, 오랑(吳郎) 씨(滿)의 『만주국 정신의 철저』, 진요사(陳寥士) 씨(中)의 『대동아전쟁승리안』, 주금파(周金波) 씨(臺)의 『황민문학의 이념』 등 모두 다 황도정신에 입각해서 대동아문화의 건설에 관해 시사하는 내용으로 일관된 발언이었다.[16]

동아시아와 아시아 지역의 문화적 특수성과 다양성은 궁극적으로 천황의 지도하에 놓여야 한다는 것이다. 어떤 방식으로 이것이 이루어질 수 있는가에 대해서는 언급이 없지만 조선과 일본의 관계를 통해서 유추해볼 수 있다.

16 위의 책, 139쪽.

> 동양의 문화는 일본에서 잘 보존되고 더욱 정련을 가했으며 그리고 언젠가 때가 되면 세계에 그 빛을 발할 운명에 있었던 것이다. 지금이 바로 그때이다. 우리 일행은 현재 빛의 전달자가 될 동도(東都)로 달려가고 있는 것이다. 대륙의 문화를 일본으로 옮기는 것, 일본의 문화를 대륙으로 옮기는 것, 출입의 차이는 있겠지만 똑같이 일본을 중심으로 해서 동양문화의 빛을 빛내려고 하는 점에 있어서 우리는 상대(上代)의 귀화인들과 같은 심정으로 연결되어 있다. 그 순간, 1천 3백 년의 시간의 흐름은 한 점에 응축되어 고금은 하나로 맺어진다. 예술로 맺어지는 동양의 숙명을 나는 가슴 깊이 체감하였다.[17]

조선의 도래인들을 받아들여 일본문화를 살찌운 것을 일본문화가 가지고 있는 넓은 포용력으로 이해하였다. 그런 점들을 고려할 때 최재서는 동아시아 혹은 아시아의 다양한 문화를 일본이 폭넓게 받아들여 일본화할 수 있는 능력이 있다고 믿었던 것으로 보인다. 그런 점을 염두에 두고 일본의 중심을 언급했을 것이다.

대동아문학에 대한 최재서의 열정은 비단 대동아문학대회

17 위의 책, 136~137쪽.

참석에 그치지 않는다. 만주국에서 열린 '만주결전예문대회'에도 깊은 관심을 두고 참여한다. 이 대회에 참석하였다가 1944년 12월 9일 경성으로 돌아왔다는 『경성일보』의 보도(『경성일보』, 1944년 12월 11일자)는 이를 뒷받침해주고 있다. 이 대회에의 참가가 단순한 의례가 아니고 그의 문학관 깊은 곳에서 우러나온 것임을 보여주는 것이 고정에 보내는 편지 형식의 글이다. 『국민문학』 1945년 1월호에 실린 이 글은 대동아문학에 대한 최재서의 열의가 얼마나 진지하고 또한 원대한 구상인가 하는 것을 그대로 보여주고 있다. 고정은 당시 만주국 문학자 중에서 가장 유명한 작가였다. 대동아문학자대회에 3번에 걸쳐 빠짐없이 참석하였고 3회에는 대동아문학상을 수상하기도 하였다. 바로 이 고정에게 최재서는 대동아문학의 미래에 대한 자기 생각을 적어 보낸 것이다. 신경에서 열린 결전대회에서 최재서는 고정과 많은 이야기를 나누었을 것이고 그 과정에서의 흥분과 논의를 차분히 정리한 것이 바로 이 글이 아닌가 생각한다.

대동아의식과 대동아문학에 대한 최재서의 일관된 지향은 비단 평론과 수필에 그치지 않았다. 「민족의 결혼」(『국민문학』, 1945년 2월)은 최재서의 이러한 입장이 가장 잘 드러난 것으로 고대를 통하여 근대 이후의 새로운 세계를 말하고자 한 것이다. 신라 성골 출신인 김춘추가 가야족 출신의 김유신의 누이 동생과 결혼하는 것을 그린 이 소설은 정체된 신라가 한 단계 뛰어넘기 위해서는 이질적인 것을 수용하여야 하며 이런 차원에서 신라와 가야족의 결혼은 신라의 도약을 위하여 매우 필요하였다는 것이다. 만약 신라가 자신의 순수성과 혈통만을 강조하게 되면 고인 물처럼 썩을 수밖에 없다는 논리로 이 결혼이 비단 개인적인 차원의 것이 아닌 종족과 종족의 결혼임을 말하고 있다. 이러한 논리는 일본이 조선 등과 합하여 새로운 일본으로 거듭나야 한다는 것을 강조한 것이다. 당시 이러한 최재서의 생각은 일본 종족의 혈통적 순수성을 강조하면서 조선을 비롯한 다른 종족과의 결합을 부정하는 일부 식민주의자들에 대한 비판의 의미가 있다. 당시 일본 식민주의자 내에서는 조선 등의 식민지 종족과의 결혼 등으로 인하여 일본 야마토 종족의 순수성이 손상되는 것을 우려한 이들이 내선 결혼 등을 부정하였다. 최재서는 이들의 논리를 비판하기 위하여 이러한 작품을 썼던 것으로 보인다. 문제는 대등한 결합이 아니라 어디까지나 일본의 틀 안에서 이루어지는 결합에 지나지 않는다는 점이다. 일본의 틀 안에서 새로운 이질적인 요소를 끌어들이는 것에 불과한 것이다. 최재서가 서 있는 입장 역시 바로 이러한 것이다. 일본이 더 나은 일본이 되기 위해서 이질적인 것을 포용하는 것이지 일본이 식민주의를 포기하면서 동등한 결합을 해야 한다는 것은 아니었다. 일본의 중심을 지키는 한 다양한 모든 것을 포용할 수 있어야 한다는 것이다. 이 점을 제대로 이해하지 못하면 최재서에 대한 제대로 된 평가를 생각하기 어려워지는 것이다. 이러한 점을 최재서는 다음과 같이 아주 명확하게 말한 바 있다.

> 일본문학은 한편으론 그 순수화의 도를 더욱더 높이는 동시에 다른 한편 그 광대한 범위를 점점 더 넓히리라 본다. 전자는 전통의 유지와 국체의 명징과 연결하는 면이며, 후자는 이민족의 포용과 세계 신질서의 건설과 이어지는 면이다. 전자를 천황귀일의 경향이라고 말한다면, 후자는 팔굉일우의 나타남이라고 할 수 있을 것이다. 두 면의 운동은 아무런 모순당착도 없이 동시적으로 이루어져야 함은 물론이다. 일본정신은 능히 이 양자의 조화를 성취하리라.[18]

천황귀일과 팔굉일우의 조화를 통하여 아시아의 문학은 진정으로 일본의 국민문학이 될 수 있다는 최재서의 판단은 지방문학으로서의 반도문학에서 출발한 국민문학론이 아시아의 지평으로 나아가는 과정을 보여준다. 서구 근대의 비판으로 시작

18 최재서, 「조선문학의 현단계」, 『전환기의 조선문학』, 인문사, 1943, 94쪽.

朝鮮軍 第一次 報道演習

한 최재서가 동양을 품안에 끌어들인 것이다.

4. 신도와 팔굉일우의 다양성

일제 말 최후기에 들면서 최재서의 고민은 한층 심각해진다. 자신이 그동안 견지하였던 문화적 다양성의 문제를 고민하면 할수록 더욱 큰 난관에 부닥쳤다. 대동아 지역에 분포하는 이 문화적 다양성을 목격하고 그들과 교류를 하면 할수록 이것을 어떻게 일본 제국의 틀에서 수용할 수 있는가의 문제를 외면하기 어려웠다. 최재서는 앞에서 보았던 것처럼 조선의 지방성을 매우 강조하였다. 지방성이란 이름으로 조선반도의 특수성을 구현하려고 하였다. 게다가 대동아문학자대회에 참여한 이후에는 이것이 더욱 크게 확대될 수밖에 없었다. 조선반도뿐만 아니라 대동아 전체 영역의 지방성이 문제되기 때문이다. 최재서의 고민은 더욱 날카로워질 수밖에 없었다. 문화적 다양성의 문제가 조선반도를 넘어서게 되자 반도에 국한되었던 자신의 이론을 수정해야 하는데 그렇게 하자니 이 모든 것을 통어할 수 있는 중심을 잃어버릴지 모르고 침몰할지 모른다는 위기감을 강하게 느끼게 된다.

특히 이러한 고민을 가중하는 것은 결전기의 학병동원이다. 전쟁이 패배할 가능성이 커지자 일본 제국은 가능한 모든 것을 동원하였고 먼 훗날을 대비하여 유보하였던 문과대학생의 입영마저 발표하게 된다. 1943년 9월부터 모든 친일 협력 문학인들이 학병동원을 선전하는 데 힘을 바치자 최재서는 이전과 같은 태도를 유지하기 어려웠다. 이러한 시기에 자기 분열을 봉합하기 위하여 들고 나온 것이 천황이었다. 천황의 팔굉일우에 따라 아시아 문학의 다양성, 대동아문학의 다양성을 모을 수 있다고 판단하였다. 그러기 위해서는 자신의 천황에 대한 충성심부터 다져 두어야 했다. 이러한 노력의 하나가 1944년 초에 행한 창씨개명이다. 그동안 최재서는 창씨개명을 하지 않았다. 조선 반도라는 지역성을 근거로 조선적 특수성을 지켜야 한다고 믿었던 최재서는 창씨개명을 하지 않았다.

창씨개명을 통하여 최재서는 위기감과 불안감에서 벗어날 수 있었다. 천황에 대한 충성심이 확보되었기 때문에 문화적 다양성을 편안하게 받아들일 수 있게 된 것이다. 창씨개명의 핵심이 바로 천황에 대한 충성심이라는 것을 잘 보여주는 것으로 이 시기에 쓴 소설에서도 확인할 수 있다. 1944년 2월 잡지 『녹기』에 게재한 소설 「쓰키시로군의 종군」은 천황에 대한 충성심이 확보될 때만이 당당하고 명료해진다는 것을 아주 잘 보여준다. 주인공 쓰키시로는 보도연습을 하면서 항상 자신에게 질문한다. 이 전쟁은 나에게 어떤 의미를 주는가를 또 이 전쟁에 나서 싸우는 사람들은 무엇을 위해 무엇을 믿고 싸우는지를. 해답은 천황이다.

> 우두커니 천정을 바라보던 중 쓰키시로는 무언가 큰 암시에 부딪힌 것만 같은 기분이 들었다. 이렇게 진지한 국민의 머리 위에 최후의 승리의 영관을 받을 수 있다는 것은 참으로 자연스러운 일이 아닐까. 암시는 이런 이야기였다. 일본이 강하다는 것은 그 국민이 여전히 조야하기 때문이라는 적들의 선전이 전혀 엉뚱한 자

기만족적인 이론에 불과하다는 것은 물론이지만, 또 한편 일본은 신국이기 때문에 강하다고 말하는 순수론 또한 여전히 설득력이 미치지 않을 우려가 있는 것은 아닌지. 황군이 강한 것은 결국 실전과 연습 사이에서 거의 일발을 허용하지 않는 그 깊은 진지함과 맹렬함에 있는 것은 아닌지, 그렇게도 반성이 되었다. 서리가 내린 초원 위에 밤새도록 총을 들고 가만히 어둠을 응시하는 병사의 모습을 쓰키시로는 졸음이 쏟아지는 와중에도 그림을 그려보려고 하였다. 그러나 아무리 노력해 보아도 그런 얼굴은 영웅의 얼굴이 되지 않았다. 하물며 독일의 전쟁영화에 자주 나오는 이른바 강철인의 얼굴도 아니었다. 어떤 때는 명확하게, 어떤 때는 어렴풋이 떠오르는 하나하나의 얼굴은 그것이 그 자신의 동료거나 회사원 풍의 남자거나 바로 며칠 전 막 전쟁터로 간 여동생의 학교 선생님이거나 혹은 본 적도 없고 알지도 못하는 농촌 청년이기도 해서, 어쨌든 친근감이 들기 쉽고 겸손한 그리고 단순 소박한 얼굴이었다. 그러나 그 소박한 얼굴이 일단 군복을 입고 총을 들고 행동을 개시하면 세계무비의 정력적이고 강한 군대가 되는 것은 무슨 이유일까? 그것은 과연 적국 사람들이 기꺼이 말하는 것처럼 일본인들이 목숨을 아끼지 않기 때문일까? 쓰키시로는 그렇게 생각되지는 않았다. 그렇게나 자연을 사랑하고 예술을 존중하며 생활을 즐기는 내 지인들이 생명을 소홀히 하는 것처럼 말하는 것은 있을 수 없는 일이었다. 천황의 위광, 그렇다! 천황의 위광에 비춰졌을 때 내지인은 자신을 잊는 것이다. 폐하의 명령에 대한 절대 순종, 단지 임무 수행만이 있을 뿐이므로 생이 없으면 죽음도 없다는 그런 심경, 그것은 의무라든가 복종이라는 말로는 결코 설명할 수 없는 심정이다. 부모를 사랑하는 젖먹이의 심리와는 다른 것일까.[19]

창씨개명을 한 것은 바로 이 천황에의 충성심에서 나온 것이다. 조국 관념의 실체로서의 천황을 인식하기 시작하면서 의문을 풀게 된 것이다. 최재서는 조선반도뿐만 아니라 대동아의 문제까지도 한꺼번에 해결할 수 있었다. 조선반도의 특수성을 말하거나, 대동아문학을 거론할 때에도 더는 내부적으로 모순을 느끼지 않아도 된다. 그동안 막연하게 일본인이라는 의식을 가지고 살 때와 천황을 믿는 일본인이 되었을 때와는 전혀 다른 것이다. 1944년 최재서가 이시다 코조[石田耕造]로 창씨개명한 직후 『국민문학』 1944년 4월호에 발표한 「받들어 모시는 문학」은 그의 이러한 고민을 잘 보여준다.

문제는 늘 간단명료하다. 너는 일본인이 될 자신이 과연 있는가.

---

19 이혜진 역, 『최재서 일본어 소설집』, 소명출판, 2012, 91~93쪽.

이런 질문은 다시 다음과 같은 의문을 일으켰다. 일본이란 무엇인가? 일본인이 되기 위해서는 어찌해야 하는가? 일본인이기 위해서는, 조선인이라는 것을 어떻게 처리해야 하는가? 이들 의문은 이미 지성적인 이해나 이론적인 조작만으로 되는 일이 아닌 마지막 장벽이었다. 그렇지만 이 장벽을 뛰어넘을 수 없는 한, 팔굉일우도 '내선일체'도 대공아공영권의 확립도 세계 신질서의 건설도, 통틀어 대동아전쟁의 의의조차 아리송해진다. 조국관념의 파악이라고는 하지만 이 의문들에 대한 명확한 해답을 지니지 않는 한, 구체적 현실적이라고 할 수는 없다. 여기서 나 자신의 체험을 말해보자. 나는 작년 말경부터 여러 가지로 자신을 정리하리라고 깊이 마음먹고 새해 첫날에는 우선 그 시작으로 창씨를 했다. 그리고 2일 아침에는 이것을 고하기 위해 조선신궁에 참배하였다. 그 앞에 깊이 머리 숙이는 순간 나는 맑은 대기 속에 빨려들어 모든 의문에서 해방된 느낌이었다. 일본인이란 천황에 봉사하는 국민이다.[20]

일본인으로서 조국관념을 갖는다는 것은 곧바로 천황에 봉사하는 것을 의미한다. 천황에 봉사한다는 것은 신도를 체현하는 것이기도 하다. 신도를 이해하지 않는 한 황도에 들어가는

20 최재서, 「받들어 모시는 문학」, 『친일문학선집』, 실천문학사, 1989, 389~390쪽.

것은 허위일 수밖에 없다. 최재서는 일본 근세 후기의 신도학자였던 모토오리 노리나가[本居宣長]를 통하여 일본 고대를 발견하게 된다. 잘 알려진 것처럼 노리나가는 유학과 불교에 습합되어 있던 신도를 비판하면서 유교 불교 도교가 들어오기 이전의 신도 즉 코카쿠 신도를 체계화한 사람이다. 『만엽집』과 『고사기』 등의 주해를 통하여 고대 일본의 신도를 재구성하여 거의 종교적 차원으로까지 해석하기도 하였다. 고대 일본의 신도를 옹호한 노리나가의 이론을 통하여 최재서는 고대 일본의 신정일치의 단계를 대안으로 삼게 된다. 그리하여 '받들어 모시는 문학'을 제창하게 되었고 이를 통하여 국가주의의 품에 완전하게 귀속되고 그 속에서 안정감과 평화로움을 찾게 되었다. 근대의 분열에서 벗어나 고대 일본의 신도에서 합일을 느꼈다.

이러한 최재서의 생각은 한동안 몸담았고 현재 자신이 싸우고 있는 구미와 대비되어 한층 큰 울림을 갖게 되었다. 구미의 문학은 기본적으로 인간 중심의 문학인 반면, 고대 일본의 발견을 통한 일본의 국민문학은 신정합일의 것으로 자기 분열이 끝난 상태의 것이다. 구미가 겪었던 그러한 분열을 경험하지 않고서도 우주적 합일에 이를 수 있다고 보았다. 고대 일본의 신도에 뿌리를 두고 있는 일본문학에서 '깊은 영혼의 즐거움'

을 확인한 최재서가 보기에 엘리엇은 가련하기 짝이 없는 인물이다. 한때 최재서 자신이 깊은 관심을 두고 주시하였던 엘리엇을 이제는 안쓰러운 눈빛으로 굽어보게 되는 것이다. 엘리엇은 구미의 자유주의와 개인주의의 폐해에서 벗어나기 위하여 고전주의 문학과 왕도주의 문학에 한때 기울어졌다가 결국 가톨릭에서 그 안식처를 구했는데 최재서가 보기에 이 역시 대안이 될 수 없다고 보았다. 가톨릭이란 종교를 통하여 오늘날 구미의 위기를 극복할 수 없다고 보았기 때문이다. 그가 보기에 구미의 근대를 넘어설 수 있는 것은 일본 고대 신도에 기반을 두고 있는, '받들어 모시는 문학'으로서의 일본문학이다.

> 오늘의 구라파 지식계급은 예외 없이 이 개인주의의 피해자인 셈인데, 개중에는 그 해로움을 알고 그것으로부터 벗어나려고 안간힘을 쓰고 있는 인간이 절대로 없는 것은 아니다. 불란서에 있어서의 샤르르, 모오러스 일파, 아메리카의 바빗드 일파, 영국에 있어서의 엘리어트 일파, 그들은 모두가 자각한 소수파의 한 사람이다. 그중에서도 엘리어트는 그 자신 날카로운 시인임과 동시에 뛰어난 비평가이기도 해서 그의 작품은 세기의 병과 그 극복 노력을 여실하게 구현하고 있다. 처음에 파리 유행의 모더니즘으로 출발, 한때는 바빗드의 고전적 휴머니즘에 심취하였는데, 거기에도 안주하지 못하

고 가톨릭시즘에 들어갔던 엘리어트는, 오늘에 있어서 구라파 지식계급의 정신적 방랑과 고민을 혼자 짊어지고 있는 것이나 진배없다. 그가 그 정신적 방랑에서 끊임없이 추구했던 것은 무엇이었던가. 과잉된 개성으로부터의 탈각이고(「개성 멸각론」, 1917년 그의 최초의 평론) 바위덩이와도 같이 안정된 것에의 귀의이다(「바위」, 1934년). 그리하여 그는 자기 입장을 표명하여 가로대, "나는 문학에 있어서 고전주의자이고, 정치에 있어서 왕도주의자이고, 종교에 있어서 앵글로 가톨릭이다"라고 했다. 나는 여기서 엘리어트를 상세히 논할 생각은 아니다. 단지 구라파의 개인주의문학이 오늘날 어떤 상태에 이르렀느냐 하는 걸 나타내기 위해, 그 가장 민감한 사람의 환자를 예시했을 뿐이다. 그러나 구라파 지식계급의 문제는, 그들이 개인주의의 그릇됨을 깨달아 귀의와 충성을 발심하는 것만으로써 과연 해결될 수가 있을까. 제2차대전 직전에 출판된 그의 평론집을 보면, 엘리어트는 고전주의문학에도 왕도주의정치에도 이미 흥미를 잃어버린 듯, 가톨릭 귀의의 길에만 애오라지 정진, 가톨릭시즘으로 오늘의 구라파가 수습될까. 더 작게는 엘리어트 한 사람의 충성심이 만족될까. 그 명백한 해답은 이번 전쟁이 해줄 것이다. 이렇게 생각해 본다면, 태어날 때부터 만세일계(萬世一系)의 천황을 모시고 있는 우리들의 행복은, 새삼스럽게 어느 누구에 비길 수도 없이 대견하고 고마운 일이다.[21]

1930년대 후반의 최재서는 엘리옷과 토마스만에 심취한 바 있다. 1930년대 초반에 극심해지기 시작한 파시즘에 맞서 서구의 자유주의를 지키기 위한 유럽 문학인들 중에서 그들을 가장 대표적인 인물로 꼽았다. 그들의 글을 따라 읽으면서 이 난국을 극복할 수 있는 방도에 몰두하였다. 특히 영국의 엘리옷에 대해서는 더욱 특별한 관심을 가졌다. 당시 그가 엘리옷에 관해 썼던 이러저러한 글을 보면 어렵지 않게 확인할 수 있다. 그런데 이제 엘리옷을 애처롭게 바라보면서 자신이 일본 천황의 신민임을 너무나 다행스럽게 생각하는 것이다. 사고의 역전이 일어난 셈이다.

천황에 귀의하면서 팔굉일우를 전망하였던 최재서가 최후의 결전기에 할 수 있는 것은 전쟁 독려였다. 그 대표적인 작품이 「때 아닌 꽃」(『국민문학』, 1944년 5월~8월)이다. 이 작품은 김유신의 아들 원술이 당나라와의 전쟁에서 죽지 않고 살아온 것을 그의 아버지 김유신과 어머니가 결코 아들로서 받아들이지 않는 것을 통하여 국가주의의 중요성을 고취하고 있는 작품이다. 원술은 전쟁에서 죽으려고 하였지만 그를 항상 돌봐주고 있던 담능의 저지로 죽는 시기를 놓치고 귀국한다. 문무왕의

---

21 위의 책, 393쪽.

용서에도 불구하고 김유신은 아들로서 인정하지 않는다. 국가를 위해 자기의 목숨을 바치지 못하고 패하여 돌아온 것은 신라 장수의 자격이 없다는 것이다. 임종을 원하는 아들의 마지막 소원마저도 거부한 채 김유신은 죽어갔고 아버지의 장례행렬을 보기 위해 산에서 내려온 아들을 김유신의 부인 지소부인은 끝내 거부하고 만다. 아들의 청을 거부한 김유신의 부인은 국가와 모성 사이에서 국가를 선택한 이후에 출가하고 만다. 이후 원술은 당나라와의 전쟁에서 연승하여 나라로부터 인정을 받지만 결국 모든 것을 포기하고 산으로 들어가고 그를 사모하였던 남해 공주 역시 원술의 뒤를 따르는 것으로 마무리된다. 국가에 목숨을 바쳐야 할 때를 놓치고 나중에 승리했다는 의미에서 '때 아닌 꽃'이라고 불렀다. 개인은 국가를 위해서 모든 것을 바쳐야 한다는 국가주의의 이상을 고무하기 위하여 이러한 소설을 썼다. 국가를 위하여 죽음마저도 흔쾌하게 생각해야 한다는 이러한 태도는 당시 벚꽃처럼 사라져 간 많은 일본 특공대 병사들의 죽음과 겹친다. 봄에 피고 봄에 지는 꽃이 되고 싶다는 원술의 발언에서 당시 특공대들이 자신을 벚꽃처럼 생각하면서 자살공격에 나서는 것을 연상하는 것은 그렇게 무리가 아닐 것이다.

신도로 무장한 천황에 귀일하는 최재서의 모습은 얼핏 보면 속지주의적 혼재형이 아니고 동화형처럼 보일 수 있다. 하지만 최재서는 이러한 자기 내부의 모순을 팔굉일우의 개념으로 봉합한다. 조선반도를 비롯한 동양의 다원성을 팔굉일우의 차원에서 포용할 수 있기 때문에 자신이 견지해오던 속지주의적 혼재형을 유지할 수 있었던 것이다.

일본이 패하자 최재서는 강한 지탄을 받게 된다. 아마도 그가 잡지 『국민문학』을 했기 때문에 더욱 그랬을 것이다. 자신의 문학적 활동을 끊고 침묵하는 것으로 과거 자신의 행위에 대한 반성을 하고자 했던 것으로 보인다. 10년이 흐른 후 그동안의 침묵으로 자신을 반성했다고 판단하고 활동을 재개하였을 때 영문학을 중심으로 한 학계의 활동에만 전념하였다.

종장

제국의 탄력성과 협력의 다기성

이광수가 친일 협력의 길에 나선 것은 1938년 10월의 무한 삼진 함락 직후였다. 중국이 일본의 손에 넘어간 마당에 조선의 독립은 끝났다고 보았다. 독립이 어렵다면 조선이 일본인으로 되어 더 이상 차별을 받지 않고 살아가는 것이 최선이라고 판단하였기에 본격적으로 '내선일체'를 주장하였다. 하지만 '대동아공영론' 등이 제출되는 등 동아시아와 국제사회가 급격하게 변화하자 자신의 '내선일체론'을 다듬지 않을 수 없었다. 혈통주의를 강하게 비판하면서 문화주의적 동화 협력을 주장하게 된 것도 바로 이러한 이유 때문이다. 장혁주 등이 주장하였던 혈통주의적 동화 협력을 비판한 이광수가 내세운 것은 일본정신이다. 일본정신만 체득한다면 일본인이 될 수 있다는 것이다. 이러한 문화주의적 동화 협력의 '내선일체론'으로 무장한 이광수는 중국, 인도 등 아시아 다른 국가들도 포괄할 수 있었다. 중국, 인도 등의 훌륭한 지적 자산들이 그 나라에서는 사라졌지만 일본의 정신에 녹아들어 있다는 것이다. 그렇기 때문에 아시아의 어떤 나라들의 사람들도 일본정신의 정수를 잘 배운다면 일본인이 될 수 있다는 것이다. 결전기 이후 이광수가 학병 동원을 비롯한 조선인들의 전쟁 참여와 후방 지원을 호소한 것은 바로 이 일본정신을 지키기 위해서였다.

장혁주가 친일 협력의 길에 나선 계기는 이광수와 마찬가지로 1938년 10월의 무한삼진 함락이었다. 일본이 중국을 점령한 마당에 프롤레타리아 국제주의 같은 것은 전혀 무의미하다고 판단하였다. 자신이 택한 것은 그동안의 경험을 변형시켜 만들어 낸 혈통적 동질성에 기초한 '내선일체'였다. 처음에는 막연하게 '내선일체'를 주장하였지만 일본 제국이 대동아 담론을 내놓고 미영과의 전쟁을 시작하자 자신의 이론을 더욱 내면화할 수 있는 근거를 마련하고자 애썼다. 장혁주는 조선인과 일본인이 함께 땅을 일구는 만주국을 이러한 자신의 입론을 강화할 수 있는 터전으로 간주하고 이를 소재로 창작을 하였다. 중국인들을 배제하고 조선인과 일본인 사이의 유대로 만주 땅을 개척하는 데서 '내선일체'의 미래를 보았다. 만주 배경 소설을 통하여 혈통적 동질성에 기초한 '내선일체'를 더욱 확신하게 된 장혁주는 '내선일체'와 '대동아공영론'을 충돌 없이 해석할 수 있는 독특한 방안을 마련하였다. 조선인의 '내지화'를 통하여 형성된 신일본인이 아시아의 다른 종족들을 지도하는 방식이다. 장혁주 나름대로 '내선일체'와 '대동아공영론'을 조화시키는 것이었다.

이광수와 장혁주가 기획하였던 '내선일체론'은 조선인의 '내지화'를 통한 차별철폐를 말한다. 조선인과 야마토인이 섞여 제3의 것으로 되는 것이 아니라, 조선인이 일방적으로 야마토인을 따르고 닮아가는 것이다. 그런 점에서 이 동화형 친일 협력에서는 조선적인 것 즉 향토성을 찾기가 어려워진다. 조선의 향토성을 말하는 것은 결코 '내선일체'라고 보지 않았던 것이다. 그렇기에 자신들의 창작에서도 조선적 향토성을 다루지 않았지만, 다른 이들이 이것을 취급하게 되면 '내선일체'의 정도에서 벗어나는 것으로 간주하였다. 물론 이광수와 장혁주는 조선인이 일본인으로 되는 과정에서 그 통로가 정신인지 아니면 피인지를 둘러싸고 확연한 차이를 보여주었지만 조선인의 '내지화'를 '내선일체'의 핵심으로 보고 일체의 조선적인 것의 향토성을 부정했다는 점에서 동일한 궤적을 걸었다. 이광수는 잡지 『신시대』 기반으로 이를 관철하고자 하였다.

혼재형 친일 협력의 대표적인 문인인 유진오와 최서해는 동화형 친일 협력의 대표적인 문인인 이광수와 장혁주와는 확연하게 달랐다. 무한삼진 함락 이후 유진오는 조선의 독립이 무망하기 때문에 차별철폐로서의 '내선일체'를 적극적으로 해석하고 내면화하였다. 그가 이해한 '내선일체'는 동질성에 기초한 것이 아니고 이질성에 기반을 둔 '내선일체'였다. 그렇기 때문에 동화형의 친일 협력에 비해 '내선일체론' 속에서 '대동아공영론'을 끌어들이기 쉬웠다. 조선의 특성을 살리면서 동양을 부흥하는 이중의 과제를 조선문학이 감당해야 한다는 것이다. 야마토 문학인들은 동양의 부흥에만 매진하면 되지만 조선의 문학인들은 조선적인 것의 특수성을 충분히 살리면서 동양의 부흥을 도모하기 때문에 이중의 과제를 부담해야 한다고 판단하였다. 일제 말 유진오의 창작과 산문은 온통 조선적인 것을 통한 동양의 부흥이라는 전망 위에서 나왔다. 그가 두 번이나 연속으로 참가한 바 있는 대동아문학자대회를 이러한 생각과 전망을 동아시아 차원에서 확인하고 넓히는 기회라고 생각하고 열심히 임하였다. 대동아문학자대회에서 만난 다른 지역의 작가들과의 교섭과 소통은 조선적인 것을 통한 동양의 부흥이란 혼재형 친일 협력을 더욱 내면화하는 계기였다. 유진오가 고려한 조선적인 것은 결코 조선이란 지역의 풍토를 이야기하는 것이 아니었다. 그가 강조한 조선적인 것은 조선 지역의 풍토에서 성장한 조선인 즉 사람에 관한 것이었다. 반도의 풍토만을 강조한 최재서의 혼재형의 친일 협력과 다른 유진오의 이러한 독특한 태도는 속인주의적 혼재형이다.

무한삼진의 함락을 계기로 친일 협력을 하였던 다른 문인들과 달리 최재서는 파리 함락을 계기로 본격적인 친일 협력의 길에 들어섰다. 조선반도의 특수성을 견지하면서 서구 근대를 비판하려고 하였던 그의 지향은 당시 일본 제국이 유포한 신체제론에 힘입어 확장되었다. 이질성에 기초한 '내선일체론'으로 조선인들의 차별을 극복하고 새로운 문명의 세계로 나아가려고 하였던 최재서의 지향은 지방문학으로서의 조선반도문학에 집중되었다. 조선반도라는 지역의 풍토성으로 조선적인 것을 판별하려고 하였던 최재서의 지방문학으로서의 조선반도문학론은 속지주의적 혼재형이었다. 대동아문학자대회 등을 통하여 대동아 의식에 눈을 뜬 최재서는 동양의 다양성을 어떤 식으로 묶어낼 수 있는가를 고민하였고 이를 팔굉일우의 틀로 감싸 안았다. 전쟁이 마지막으로 치달을 때 최재서는 그동안 미루었던 창씨개명을 하면서 천황귀일의 신도를 내걸고 이를 팔굉일우와 조화시키려고 노력하였다.

혼재형의 친일 협력도, 동화형의 친일 협력과 마찬가지로 '내선일체'를 주장하였다. 이들 역시 '내선일체'가 조선인의 차별을 극복할 수 있는 방도라고 생각하였기 때문이다. 하지만 혼재형의 친일 협력은 조선인의 '내지화'가 아니라, 조선적인 것을 보태어 더 풍부한 일본을 만든다는 구상이었다. 그런 점에서 동화형의 친일 협력이 동질성의 '내선일체'라면, 혼재형의 친일 협력은 이질성의 '내선일체'라고 할 수 있다. 유진오는 조선인적인 특성을 통하여 동양을 부흥한다는 이중의 과제를 내걸었고, 최재서는 조선반도의 지역적 특성을 통하여 지방문학으로서 조선반도 문학을 주장하였기에 속인주의와 속지주의라는 차이는 있지만 기본적으로 동일한 성격의 것이다. 이런 태도를 가졌기에 이들은 '대동아공영론'도 어렵지 않게 자기의 '내선일체론' 안으로 끌어들여 해석할 수 있었으며 아시아의 많은 문학들에 깊은 관심을 보여주었다. 이질성의 '내선일체'에서는 향토성은 결코 배척해야 할 대상이 아니라 적극적으로 끌어들여야 하는 것이었다. 그렇기 때문에 유진오와 최재서는 자신의 글에서 적극적으로 향토성을 말할 뿐만 아니라, 향토성을 담고 있는 작가와 작품을 끌어들였던 것이다. 최재서가 자기 잡지에 김사량의 장편소설을 연재하도록 했던 것도 바로 이러한 향토성에 대한 고평 때문이었다.

일제 말은 일제 강점 이후 그 어떤 시기와도 비교되지 않을 정도로 억압이 강화되었던 시기이다. 동의에 기초한 지배보다는 강제에 기초한 물리적 통제가 압도적인 시대였다. 그 이전에는 강제에 기초한 물리적 통제도 작동되었지만, 동의에 기초한 헤게모니적 지배가 더욱 강했다고 볼 수 있다. 그런데 일제 말에 이르면 역전되어 강제가 압도적이었다. 일제 말 이전에 일본 제국은 검열을 통하여 작가들에게 조선의 독립이라든가, 사회변혁과 같은 주제를 쓰지 못하게 하는 방식으로 통제하였지만, 일제 말에는 작가들에게 '내선일체'의 '대동아공영론'을 쓰라고 강요하는 것으로 바뀌었다. '내선일체'를 지지하지 않는 작가들은 점점 작품을 발표하기 어려워졌지만, '내선일체'를 지지하는 작가들은 종이난에도 불구하고 전과 비교되지 않을 정도로 활발하게 작품을 발표하였다. 그리고 '내선일체'를 지지하는 한 그 내부의 다양한 양태는 적극적으로 허락하였다. 일본 제국은 조선의 향토성을 강조하던 이질성에 기초한 혼재형 친일 협력도 충분히 포섭하였다. 유진오와 최재서가 향토성을 강조할 수 있었던 것도 이러한 제국의 탄력성 때문에 가능한 일이었다.